www.ingramcontent.com/pod-product-compliance
Lightning Source LLC
LaVergne TN
LVHW050816051026
849532LV00008B/2996
9789358729627

لال گولی

(بچوں کی کہانیاں)

مشتاق اعظمی

Laal Goli *(Kids Stories)*
by: Mushtaque Azmi
Edition: October '2025
Publisher :
Taemeer Publications LLC (Michigan, USA / Hyderabad, India)

ISBN 978-93-5872-962-7
9 789358 729627

کتاب	:	**لال گولی** (بچوں کی کہانیاں)
مصنف	:	**مشتاق اعظمی**
صنف	:	ادب اطفال
ناشر	:	تعمیر پبلی کیشنز (حیدرآباد، انڈیا)
سالِ اشاعت	:	۲۰۲۵ء
صفحات	:	۶۴
سرورق ڈیزائن	:	تعمیر ویب ڈیزائن

فہرست

انتساب

ماہ نامہ "کھلونا" دہلی

(1948ءتا1987ء)

کے بانی مدیر

ادریس دہلوی

(وفات:2نومبر 2001ء)

کے نام

گنگر منتر

کہانی بڑی پرانی ہے— سینکڑوں سال پرانی— اس زمانے میں سائنس کی نئی نئی ایجادیں نہیں تھیں، اور جادو منتر کا بڑا زور تھا۔ ان ہی دنوں کی بات ہے۔ ایک شہر میں ایک سادھو رہتا تھا۔ وہ اپنے جادو منتروں کی وجہ سے دور دور تک مشہور تھا۔ اس کے چیلوں کی تعداد اتنی زیادہ تھی کہ انگلیوں پر گننا مشکل تھا۔

ایک دن سادھو اپنے چیلوں کو ساتھ لے کر کسی اور جگہ جا رہا تھا۔ راستے میں ایک بہت بڑا جنگل پڑتا تھا۔ یہ جنگل جتنا بڑا تھا، اس سے بھی زیادہ خطرناک تھا۔ اسے طے کرنے میں کئی دن لگ جاتے تھے۔ جنگلی جانوروں کے علاوہ اس میں ڈاکو بھی رہا کرتے تھے۔ جو مسافروں کو لوٹ لیتے تھے۔

سادھو اور اس کے چیلے تو دن بھر چلتے رہتے لیکن جیسے ہی سورج ڈوبنے کا وقت قریب آتا، وہ کسی ایسی جگہ پر پڑاؤ ڈال دیتے تھے جو ان کے خیال میں محفوظ ہوتی تھی۔ جنگلی جانوروں سے بچاؤ کے لیے وہ اپنے آس پاس جنگل کی سوکھی لکڑیاں جلا دیتے تھے۔

ایک رات، پچھلے پہر گھوڑے کی ہنہناہٹ کی آواز سن کر سادھو کی آنکھ کھل گئی۔ اس نے دیکھا کہ وہ اور اس کے چیلے ڈاکوؤں کے گھیرے میں ہیں۔ وہ ہڑ بڑا کر اٹھ بیٹھا۔ اتنے میں ڈاکوؤں کا سردار گھوڑے سے اترا۔ اس نے بھالے کی نوک سادھو کے سینے سے ٹکا دی اور گرج کر بولا :

''اگر تمہیں اپنی جان بچانی ہے تو تمہارے پاس جو کچھ ہے ہمارے حوالے کر دو۔''

سادھو نے کہا :

''بھائی، ہم ٹھہرے سادھو سنت ہمارے پاس تمہیں کیا ملے گا۔''

سردار اپنے ساتھیوں سے بولا :

''ان سب کی تلاشی لو۔''

پلک جھپکتے میں تمام ڈاکو گھوڑے سے اتر پڑے اور تلاشی کے کام میں لگ گئے۔ لیکن بے چارے سادھو کے پاس انہیں واقعی کیا ملتا۔

اس ناکامی اور مایوسی نے ڈاکوؤں کے سردار کو سخت جھنجھلاہٹ میں مبتلا کر دیا۔ اس نے اپنے ساتھیوں سے کہا ''سادھو کو گرفتار کر لو۔''

اس کے بعد وہ سادھو کے چیلوں سے مخاطب ہوا :

''تمہارے سادھو مہاراج ہماری قید میں ہیں۔ اگر تمہیں ان سے محبت ہے تو دس ہزار اشرفیاں لے کر آؤ اور انہیں چھڑا کر لے جاؤ۔''

چیلے سردار کی یہ بات سن کر سناٹے میں آ گئے۔ دس ہزار اشرفیاں انہوں

نے کبھی خواب میں بھی نہیں دیکھی تھیں۔لیکن سادھو پر ذرہ برابر بھی گھبراہٹ طاری نہیں ہوئی۔اس نے اپنے چیلوں سے کہا :

"تم لوگ میری فکر نہ کرو اور اپنا سفر جاری رکھو۔اگلی رات چودھویں کے چاند کی رات ہوگی۔اس رات میں، ان کا سوال پورا کر دوں گا۔اس کے بعد تم سے آملوں گا۔"

دوسرے دن سادھو نے ڈاکوؤں سے کہا کہ دن بھر وہ جتنے کنکر چن سکتے ہیں، چن کر اکٹھے کر لیں۔چنانچہ ڈاکو سارے دن کنکر چننے میں لگے رہے۔ان کا سردار سادھو کی نگرانی کرتا رہا۔شام تک وہاں کنکروں کا ایک ٹیلہ بن چکا تھا۔

جب آدھی کے قریب رات بیت چکی اور روٹی کی طرح گول چاند بالکل سر کے اوپر آ گیا تو سادھو کنکر کے ڈھیر کے پاس آلتی پالتی مار کر بیٹھ گیا۔اس کے بعد اس نے کچھ پڑھنا شروع کیا۔تھوڑی دیر کے بعد وہ کنکر کے ڈھیر پر پوری طاقت کے ساتھ پھونک مارتا تھا۔اس وقت اس کا چہرہ بڑا بھیانک معلوم ہوتا تھا، اور منہ سے جو آواز نکلتی تھی وہ ایسی تھی جیسے کوئی بہت بڑا اژدہا سانس لے رہا ہو۔سب ڈاکو سادھو کے پیچھے کھڑے اس تماشے کو تعجب کے ساتھ دیکھ رہے تھے۔اچانک کنکر کے ڈھیر میں ایک زبردست دھماکہ ہوا۔ پھر ایسا لگا جیسے وہاں دھوئیں کا بہت بڑا سوتا پھوٹ نکلا ہے۔جس نے آن کی آن میں جنگل کو اپنی سیاہ چادر میں لپیٹ لیا۔ہاتھ کو ہاتھ سجھائی نہیں دیتا تھا۔

ڈاکو خوف کے مارے ایک دوسرے سے لپٹے یہ سوچ رہے تھے کہ سادھو نے انہیں دھوکہ دیا ہے اور دھا کہ کر کے فرار ہو گیا ہے۔

لیکن کچھ دیر کے بعد دھوئیں کی چادر آہستہ آہستہ ہٹنی شروع ہوئی اور جب ڈاکوؤں نے دیکھا کہ سادھو اشرفیوں کے ایک بڑے ڈھیر کے پاس بیٹھا ہوا ہے تو وہ خوشی سے دیوانے ہو گئے۔ اس دیوانگی میں وہ سادھو کو گود میں اٹھا کر ناچنے کودنے لگے۔

ڈاکوؤں نے اشرفیاں بوریوں میں بھر لیں اور گھوڑوں کی پیٹھ پر لاد کر اسی وقت وہاں سے چل پڑے — سادھو کو اپنا سفر صبح کو شروع کرنا تھا، اس لیے وہ وہیں سو رہا۔

ڈاکو ابھی مشکل سے چار پانچ کوس گئے ہوں گے کہ لٹیروں کی ٹولی نے ان پر حملہ کر دیا۔ لیکن ڈاکوؤں کے سردار نے لٹیروں کے سردار سے کہا :

"دیکھو، پیشے کے لحاظ سے ہم بھائی ہیں، اس لیے یہ بات مناسب نہیں ہے کہ ہم ایک دوسرے کا مال لوٹیں۔ ہم یہ اشرفیاں جہاں سے لائے ہیں، وہاں کا پتہ تمہیں بتاتے ہیں۔ یہاں سے چند کوس کے فاصلے پر تمہیں ایک سادھو ملے گا، وہ اشرفیاں بناتا ہے، تم اس کے پاس چلے جاؤ۔"

لٹیروں نے گھوڑوں کی رفتار تیز کر دی اور تیر کی طرح سادھو کے پاس پہنچ گئے۔ سادھو نے کہا :

"افسوس، تم نے آنے میں دیر کی۔ رات کا وہ حصہ بیت چکا جس میں

اشرفیاں تیار ہوسکتی تھیں۔اب اس رات کے لیے تمہیں پورا ایک مہینہ انتظار کرنا پڑے گا۔"

لٹیروں نے سمجھا کہ سادھو بہانے بنا رہا ہے۔انہوں نے اس کے دونوں بازوؤں کو بھالے کی نوک سے چھید دیا۔لیکن سادھو نے اب بھی وہی بات کہی :

"اشرفیاں اسی وقت تیار ہوسکتی ہیں جب چودھویں کا چاند رات کا آدھا حصہ طے کر کے ٹھیک اوپر آجائے۔اس سے پہلے یا اس کے بعد اشرفیاں بنانا ممکن نہیں۔"

لالچ اتنے لمبے انتظار کی مہلت کب دے سکتا تھا۔لٹیروں کو غصہ آگیا اور انہوں نے سادھو کو قتل کر دیا۔

اب انہوں نے ڈاکوؤں کے اس گروہ کا تیزی کے ساتھ پیچھا کیا جو اشرفیاں لیے جا رہا تھا۔صبح ہوتے ہوتے وہ ڈاکوؤں تک پہنچنے میں کامیاب ہو گئے۔ دونوں گروہوں میں زبردست لڑائی ہوئی لیکن لٹیروں کا پلہ بھاری پڑا۔انہوں نے ڈاکوؤں کو مار بھگایا اور اشرفیوں کی بوریاں حاصل کرلیں۔

انہوں نے خوشی خوشی اشرفی کی بوریاں کھولیں ـــــ لیکن یہ کیا؟

وہ بت بن کر ایک دوسرے کا منہ تکنے لگے ـــــ بوریوں میں کنکروں کے سوا کچھ نہ تھا۔سادھو کی موت کے ساتھ ہی اس کے منتر کا اثر بھی ختم ہو گیا تھا اور اشرفیاں پھر کنکروں میں تبدیل ہوگئی تھیں۔

کھلونا

پچھلے سال منّی کی آٹھویں سالگرہ پر منّی کی ایک بہت ہی عزیز سہیلی نے تحفے میں اسے مخمل کا بنا ہوا ایک ننھا سا خوب صورت کتا پیش کیا تھا۔ منّی کو تمام تحفوں میں یہ کتا ہی سب سے زیادہ پسند آیا تھا اس نے اس کا نام روبی رکھا۔ وہ اس کے ساتھ کھیل کر بہت خوش ہوتی تھی، اور اس کی حفاظت بھی کرتی تھی۔ لیکن کچھ دنوں سے ایسا معلوم ہو رہا تھا جیسے منّی روبی کو بھول سی گئی ہے، کیوں کہ اس نے روبی کے ساتھ کھیلنا چھوڑ دیا تھا۔ روبی اب میز پر اداس پڑا ہوا تھا۔ اس کے جسم پر گرد کی تہہ جم گئی تھی۔ دونوں کان جو ہمیشہ کھڑے رہتے تھے اب اس کے چہرے پر لٹک آئے تھے۔ بٹن کی بنی ہوئی اس کی سیاہ چمکیلی آنکھیں دھاگوں کے ساتھ اس کے گالوں پر آنسوؤں کی بوند کی طرح جھول رہی تھیں۔

ایک رات کی بات ہے۔ منّی جلد سو گئی۔ اس کے دونوں بھائی راشد اور ساجد اپنے پرانے کھلونوں کو اکٹھا کر کے کارڈ بورڈ کے ایک بڑے ڈبّے میں

رکھنے میں مصروف تھے۔ دوسری صبح کھلونوں کا یہ ڈبہ انہیں غریب اور بیمار بچوں کے لیے ہسپتال بھیجنا تھا۔ کھلونے اکٹھا کرتے ہوئے راشد کی نظر منّی کے روبی پر پڑی، جو میز پر نئے نئے کھلونوں کے درمیان حسرت اور ناامیدی لیے یوں پڑا تھا جیسے کوئی بیمار آدمی تندرست لوگوں کے درمیان بیٹھا ہو۔

راشد نے لپک کر اسے اٹھالیا اور ساجد سے کہا :

"بھیا! روبی کو بھی ان کھلونوں میں شامل کرلو۔"

"نہیں راشد! یہ منّی کا کھلونا ہے۔ وہ برا مان جائے گی۔"

ساجد نے جواب دیا۔

"منّی تو اس سے جی بھر کے کھیل چکی ہے۔ وہ اس خستہ حال کھلونے کو رکھ کر کیا کرے گی؟ وہ ہرگز برا نہیں مانے گی۔"

راشد نے یہ کہتے ہوئے روبی کو بھی ڈبّے میں ڈال دیا۔ کھلونوں کا یہ ڈبہ دوسرے روز ہسپتال روانہ کردیا گیا۔

اسی روز کھیلتے کھیلتے یکایک منّی کو روبی کا خیال آیا۔ اس نے میز کی طرف دیکھا۔ اس کا دل دھک سے رہ گیا۔ روبی میز پر موجود نہیں تھا۔ اس نے میز کے نیچے جھانکا۔ روبی وہاں بھی نہیں تھا۔ منی نے اپنے بستر کے نیچے ٹٹولا، کھانا رکھنے کی الماری میں تلاش کیا، لیکن روبی کو کہیں نہ پایا۔ وہ پریشان ہوکر امّی کے پاس پہنچی اور ان سے دریافت کیا، مگر وہ بھی روبی کے بارے میں کچھ نہ بتا سکیں۔ پھر وہ راشد اور ساجد کے پاس گئی، اور پوچھا :

''آپ نے میرے روبی کو تو نہیں دیکھا؟''

اس کی آنکھوں میں آنسو تھے۔

راشد اور ساجد نے پریشان نگاہوں سے ایک دوسرے کو دیکھا۔ ایک منٹ خاموش رہ کر ساجد بولا :

''ہاں منّی ہم نے تمہارے روبی کو ہسپتال کے غریب اور بیمار بچوں کے لیے بھیج دیا ہے۔ ہم نے وہاں اپنے بھی بہت سارے کھلونے بھیجے ہیں اور تمہارا روبی تو بہت خستہ حال ــــ''

ساجد بات بھی پوری نہ کر سکا۔ کیوں کہ منّی کے آنسو تیزی کے ساتھ بہہ نکلے تھے۔ وہ دونوں ہاتھوں سے منہ ڈھانپ کر بیٹھ گئی اور سسکیاں لینے لگی۔ راشد اور ساجد نے اسے چپ کرانے کی جتنی کوشش کی منّی کی سسکیوں کی آواز اتنی ہی تیز ہوتی گئی۔ آخر امّی کو بیچ میں آنا پڑا۔ انہوں نے راشد اور ساجد کو ڈانٹ پلائی اور منّی سے روبی کی جگہ دوسرا کھلونا لا دینے کا وعدہ کیا۔

لیکن منّی کو کسی صورت چین نہیں تھا۔ اسے روبی کی یاد بری طرح ستا رہی تھی۔ روبی میلا کچیلا اور خستہ حال سہی وہ منّی کو پھر بھی پیارا تھا، اس لیے کہ وہ اس کی بہت عزیز سہیلی کی یادگار تھا۔

اگلی صبح جب منّی سو کر اٹھی تو اس کا تکیہ بھیگا ہوا تھا۔ آنکھیں بوجھل ہو رہی تھیں اور گالوں پر آنسو بہنے کے نشان تھے۔ ایسا معلوم ہوتا تھا جیسے وہ رات بھر روتی رہی ہے۔ امّی سے منّی کی یہ حالت نہ دیکھی گئی۔ انہوں نے یہ

فیصلہ کیا کہ وہ منّی کو لے کر ہسپتال جائیں گی۔ منّی کی بے چینی اور بے قراری کا یہی علاج تھا۔

منّی اور اس کی امّی ہسپتال کے ایک کشادہ کمرے میں تھیں، جہاں ایک لمبی میز کے سامنے کرسی پر سفید کپڑے پہنے ایک نرس بیٹھی تھی۔ میز پر پرانے اور مرمّت طلب کھلونے بڑی تعداد میں رکھے ہوئے تھے۔ اس کے ساتھ ہی قینچی، کپڑے جھاڑنے کا برش اور چاقو وغیرہ بھی میز پر موجود تھے۔ نرس سوئی دھاگے کی مدد سے کپڑے کے ایک بوسیدہ کھلونے کی مرمّت میں مصروف تھی۔ امّی نے نرس کو بتایا کہ منّی کا روبی وہاں غلطی سے بھیج دیا گیا ہے اور منّی اس کے لیے بے کل ہے۔ نرس نے اپنے دماغ پر ذرا سا زور دیا اور کونے میں رکھی ہوئی شیشے کی ایک چھوٹی سی الماری کی طرف اشارہ کرتے ہوئے کہا:

''منّی وہ ہے تمہارا روبی۔ جاؤ اپنے ہاتھوں سے اٹھالو۔''

منّی نے الماری میں رکھے ہوئے روبی کو دیکھا اور حیران رہ گئی۔ یقیناً وہ روبی ہی تھا، لیکن اب پہچانا نہیں جاتا تھا۔ اس کا مخملی جسم اتنا صاف ستھرا اور نکھرا ہوا تھا جیسے اسے غسل دیا گیا ہو۔ اس کے کان سیدھے کھڑے تھے۔ آنکھیں اب اپنی درست جگہ پر تھیں اور ان میں خوشی اور اطمینان کی جھلک تھی۔ اس کے چہرے پر مسکراہٹ تھی۔ منّی کو خاموش اور حیران دیکھ کر نرس مسکرائی۔ وہ بولی:

''منّی تمہیں خوش دیکھ کر ہسپتال کے بچے بھی روبی کے چلے جانے کا

کوئی رنج نہ کریں گے۔"

منّی چپ چاپ کھڑی کبھی روبی کو اور کبھی نرس کو دیکھ رہی تھی۔ اچانک وہ بول پڑی:

"آپ روبی کو یہیں رہنے دیجیے، وہ یہاں زیادہ خوش ہے۔ آپ نے اسے نئی زندگی دی ہے، سنوارا ہے۔ اسے کسی ایسے بچے کو دے دیجیے جو مجھ سے زیادہ اس کا حق دار ہو، اس کی اچھی طرح دیکھ بھال کر سکتا ہو۔"

اس کے بعد منّی نے روبی کو اور نرس کو "خدا حافظ" کہا اور امّی کے ساتھ واپس چل پڑی۔

منّی اور اس کی امّی ہسپتال کا آخری زینہ طے کر رہی تھیں۔ ان کے ہونٹوں پر مسکراہٹ ناچ رہی تھی اور سورج بھی ایک بادل کی اوٹ سے مسکرا رہا تھا۔

ننھّا ریچھ

آج کی نہیں بہت پہلے کی بات ہے۔ ایک رئیس نے اپنی حویلی کے سامنے بچوں کے کھیلنے کے لیے ایک خوب صورت پارک بنوا رکھا تھا۔ اس پارک میں رنگ برنگے پھولوں کی کیاریاں تھیں، پھل دار درختوں کا باغ تھا، ایک چھوٹی سی نہر تھی اور سب سے مزے دار بات یہ کہ اس پارک میں بندر، ہرن، مور، بطخ، مرغیاں اور دل چسپ جانور بھی تھے جو آزادی کے ساتھ پارک کے اندر گھومتے پھرتے رہتے تھے۔

ایک دن رئیس کو کہیں سے ریچھ کا ایک ننھا منا بچہ ملا۔ اس نے اسے بھی پارک میں لاکر چھوڑ دیا۔ گرمی کا زمانہ تھا۔ ننھے ریچھ کو گرمی نے پریشان کیا تو وہ نہر کے کنارے آکر لوٹنے لگا جس سے اس کا پورا جسم گرد سے بھر گیا۔

شام ہونے کو آئی تو ریچھ نے سوچا کہ پارک کے دوسرے جانوروں سے دوستی کرلی جائے تاکہ ان سے محبت بڑھے اور وقت کھیل کود میں گزارا جاسکے۔ ننھا ریچھ دوستی کرنے کو نکلا۔ سب سے پہلے اس کی ملاقات مرغی کے بچوں سے ہوئی۔ یہ اپنی ماں کے ساتھ دانہ چگنے میں مصروف تھے۔ ننھا ریچھ

ان کی طرف بڑھا۔ لیکن اسے دیکھتے ہی مرغی اپنے بچوں سمیت اڑ کر انار کے پیڑ پر جا بیٹھی۔ ننھے ریچھ نے کہا ”پیارے دوستو! تم ڈر کر بھاگ کیوں گئے؟ میں تو تمہارے ساتھ کھیلنے آیا ہوں۔“

یہ سن کر مرغی کے ایک بچے نے انار کے پتوں میں سے سر نکالا اور پروں کو پھڑ پھڑا کر بولا ”ہم تمہارے ساتھ نہیں کھیلتے، تم تو بے حد گندے ہو۔“

ننھے ریچھ کو بڑی مایوسی ہوئی۔ وہ کسی دوسرے دوست کی تلاش میں آگے بڑھا۔ کچھ دور چل کر اس کی ملاقات بطخ سے ہوئی۔ بطخ اپنے بچوں کو ساتھ لے کر نہر کی طرف ٹہلنے نکلی تھی۔ ننھے ریچھ کو قریب دیکھ کر اس نے اپنی گردن اوپر کی طرف کھینچی۔ اس کی آنکھیں غصہ سے سرخ ہو گئیں اور اس کے بچے اس کے پروں میں جا چھپے۔ ننھے ریچھ نے ڈرتے ڈرتے کہا:

”آپا میں اکیلا ہوں اور آپ کے بچوں کے ساتھ کھیلنا چاہتا ہوں۔“

ننھے ریچھ کی بات سنتے ہی بطخ کا ایک بچہ اس کے پروں سے نکل کر باہر آیا اور اپنی ناک کو پنجے سے جھاڑ کر بولا ”توبہ توبہ بھلا ہم تمہارے ساتھ کھیل کر اپنے دودھ جیسے اجلے پروں کو خراب کریں گے۔ تم تو بے حد گندے ہو۔ ہٹو سامنے سے!“

ننھے ریچھ کی مایوسی اور بڑھ گئی۔ اس نے سوچا اس پارک میں اس کا کوئی دوست نہیں ہو سکتا۔ یہ بڑی خراب جگہ ہے۔ اب اسے پارک میں ہمیشہ تنہائی کے دن کاٹنے ہوں گے۔ وہ غم کے بوجھ سے سر جھکائے آہستہ آہستہ قدم اٹھاتے ہوئے چلا جا رہا تھا کہ جامن کے پیڑ کے نیچے اس کی ٹکر بندر کے بچوں سے ہو گئی۔ ”دیکھ کر نہیں چلتے؟“ بندریا غرا کر بولی۔

''جی، مانا میں نے نہیں دیکھا۔ لیکن آپ نے تو مجھے دیکھا ہوگا۔ آپ ہی کنارے ہو جاتیں۔'' ننھے ریچھ نے کہا۔

''غلیظ! غلطی ماننے کے بجائے الٹے ہمارے منہ لگتا ہے۔''

یہ کہہ کر بندریا نے اس کے منہ پر ایک بھرپور طمانچہ جڑ دیا۔ ننھا ریچھ اس اچانک حملے کے لیے تیار نہیں تھا۔ اس کا سر چکرا گیا۔ اتنے میں بندریا کے بچے اس پر پل پڑے اور نوچ نوچ کر لہولہان کر دیا۔ ننھا ریچھ بے دَم ہو گیا تو بندریا اپنے بچوں کو لے کر وہاں سے چل دی۔

شام کے وقت رئیس کے بچے پارک میں ٹہلنے آئے۔ ننھے ریچھ نے انہیں اپنی طرف آتے دیکھا تو اس کی آنکھوں میں آنسو آ گئے۔ اس نے اپنی دکھ بھری کہانی بچوں کو سنائی اور بتایا کہ کس طرح بندریا اور اس کے بچوں نے اس کی پٹائی کی حالاں کہ اس کا کوئی قصور نہیں تھا۔ بچوں نے ننھے ریچھ کو تسلی دی۔ ''میرے دوست جو ہوا اسے بھول جاؤ۔ اب ہم تمہارے ساتھ کھیلا کریں گے۔ ہم جانور نہیں، انسان ہیں اور انسان کسی کو بے وجہ تکلیف نہیں پہنچاتا۔'' یہ کہتے ہوئے ایک بچے نے ننھے ریچھ کو گود میں لے لیا۔ ننھے ریچھ نے کہا ''ارے، آپ کے کپڑے میلے ہو جائیں گے۔ میرا جسم گندہ ہے۔''

بچوں نے کہا :

''ہم گندے جسم سے نہیں، گندے خیالات سے نفرت کرتے ہیں۔''

بچوں نے ننھے ریچھ کو نہلایا، دھلایا، اس کی چوٹوں پر دوا لگائی اور پھر اس کے ساتھ کھیلنے لگے۔

داروغہ صاحب کی کہانی

بھابھی نے کہانی سنانی شروع کی۔ ثریا اور ریحانہ ان کے ساتھ رضائی میں اس طرح دبک کر بیٹھ گئیں جس طرح ننھے منے چوزے مرغی کے پروں سے اپنے جسم کو ڈھانک لیتے ہیں۔

—تو داروغہ معین الدین خان کے رعب اور دبدبے کا دور دور تک چرچا تھا۔ بڑے بڑے گھاگ مجرم سے جرم کا اقرار کرالینا داروغہ صاحب کے بائیں ہاتھ کا کھیل تھا۔ کوئی چور یا ڈاکو زمین کی کتنی ہی تہوں کے اندر کیوں نہ چھپا بیٹھا ہو، وہ اسے اتنی آسانی سے برآمد کر لیتے تھے جیسے کھیت سے گاجر یا مولی اکھاڑ لی جاتی ہے۔ داروغہ صاحب نے اپنی ان صلاحیتوں کے باعث عزت بھی حاصل کی اور شہرت بھی۔ اور دولت —— دولت تو ان کے گھر کی لونڈی تھی، اس لیے کہ وہ بے حد چالاک آدمی تھے۔ موقع سے فائدہ اٹھانا خوب جانتے تھے۔ جب کوئی ان کی مٹھی گرم کر دیتا تھا تو وہ بڑے بڑے خطرناک معاملوں کو اس طرح پی جایا کرتے تھے۔ جیسے ہم لوگ گرمیوں میں شربتِ روح افزا پیتے ہیں۔

ایک بار داروغہ صاحب کی دائیں پنڈلی میں ایک بڑا زخم ہو گیا۔ آہستہ آہستہ اس زخم کی تکلیف اتنی بڑھی کہ ان کا چلنا پھرنا دوبھر ہو گیا۔ کتنے ہی حکیم، ڈاکٹر اور وید آئے اور چلے گئے۔ کسی کی دوا سے کوئی فائدہ نہیں ہوا۔ زخم کی تکلیف

بڑھتی ہی گئی۔ داروغہ صاحب چلنے پھرنے سے بالکل مجبور ہو گئے۔

ایک دن داروغہ صاحب کو ایک ایسے خاندانی حکیم کا پتہ چلا جو کبھی کسی نواب کے معالج رہ چکے تھے — داروغہ صاحب نے ان کو بلوایا۔ حکیم صاحب نے زخم کا معائنہ کیا۔ اس کے بعد کہا "زخم دو مہینے میں ٹھیک ہو جائے گا۔ میں اس کے لیے مرہم تیار کر دوں گا، لیکن مرہم کے لیے کم سے کم ایک سو بڑے بڑے سیاہ رنگ کے بچھوؤں کی ضرورت پڑے گی اور اتنے سارے بچھوؤں کا اکٹھا کرنا —"

حکیم صاحب بات پوری نہ کر پائے تھے کہ داروغہ صاحب بولے :

"آپ فکر نہ کریں، میرے اتنے سارے ماتحت آخر کس دن کام آئیں گے۔"

دوسرے دن درجنوں پولس کانسٹبل بچھوؤں کی کھوج میں آس پاس کے جنگلوں میں پھیل گئے۔ لیکن اتنے بہت سے سیاہ زہریلے بچھوؤں کا ملنا آسان بات نہ تھی — بڑی دوڑ دھوپ کے بعد کوئی ایک بچھو لایا، کوئی دو، کوئی تین اور کوئی ایک بھی نہیں — اس کے بعد سب تھک ہار کر بیٹھ گئے۔

اور پھر ایک دن کچھ کانسٹبل پولیس گاڑی میں ایک مٹکا رکھ کر لائے۔ اس مٹکے میں بچھو بھرے تھے۔ بڑے بڑے سیاہ زہریلے بچھو۔ ان بچھوؤں کو دیکھ کر دہشت ہونے کی بجائے داروغہ صاحب کو اپنے غم کی سیاہی دور ہوتی نظر آئی۔ انہوں نے کانسٹبلوں سے پوچھا "تمہیں اتنے سارے بچھو ملے کہاں؟"

"قبرستان میں!" ایک کانسٹبل نے جواب دیا۔

"قبرستان میں؟" داروغہ صاحب حیرت سے آنکھیں پھاڑ کر بولے۔

"جی ہاں!" کانسٹبل نے جواب دیا۔ "وہاں ہم نے ایک ایسی قبر دیکھی

جس کے سرہانے اور پائنتی کی طرف دو سوراخ تھے اور ہزاروں کی تعداد میں چیونٹیوں کی سی قطار بنا کر بچھو ایک سوراخ سے نکل رہے تھے اور دوسرے میں داخل ہو رہے تھے۔ یہ بچھو ہم نے وہیں چمٹے کی مدد سے پکڑے ہیں۔''

داروغہ صاحب اسی روز اپنے ماتحتوں کے ساتھ قبر دیکھنے گئے۔ یہ قبر کیا تھی، بچھوؤں کی کان تھی۔ سینکڑوں اور ہزاروں بچھو ڈنک اٹھائے قطار باندھے سوراخوں میں آجا رہے تھے۔ ذرا دیر کے لیے داروغہ صاحب نے آنکھیں بند کیں اور اس بدنصیب مردے کا تصور کیا جو نہ جانے کن گناہوں کی سزا میں قبر کی سختی جھیل رہا تھا۔ دہشت سے ان کا وجود تھرا اٹھا — پوچھ گچھ کرنے پر معلوم ہوا کہ یہ قبر کسی داروغہ کی تھی جسے رشوتیں لینے کی عادت تھی۔

داروغہ معین الدین خاں دو روز تک اپنے کمرے میں بند رہے۔ دونوں دن وہ کسی سے ملے جلے نہیں۔ بس پلنگ پر کبھی بیٹھے اور کبھی لیٹے ہر وقت کچھ سوچا کرتے تھے۔ تیسرے دن جب داروغہ صاحب کمرے سے باہر نکلے تو ان کے ہاتھ میں ایک کاغذ تھا — یہ کاغذ ان کا استعفیٰ نامہ تھا۔ انہوں نے اپنے عہدے سے استعفیٰ دے دیا تھا۔

''کیا کہا بھابھی؟ انہوں نے استعفیٰ دے دیا تھا؟''

ثریا اور ریحانہ نے تعجب سے ایک ساتھ پوچھا۔

''ہاں!'' بھابھی نے کہا۔ ''اس رشوت خور داروغہ کا انجام دیکھنے کے بعد انہوں نے نہ صرف رشوت خوری سے توبہ کر لی تھی بلکہ انہیں اپنے عہدے سے بھی سخت نفرت ہو گئی تھی۔''

خواب اور حقیقت

ماہ نامہ ''جھولا'' نئے نئے موضوع پر شان دار خاص نمبر پیش کرنے میں اپنا جواب نہیں رکھتا تھا۔ اس بار اس کا خاص نمبر ''خواب نمبر'' کی شکل میں نکلنے والا تھا۔ ایک دل چسپ خواب کے ساتھ شریک ہونے کا دعوت نامہ میرے پاس بھی آیا تھا۔ مدیر ''جھولا'' نے خواب کی فرمائش کے ساتھ یہ خوش خبری بھی سنائی تھی کہ ''خواب نمبر'' کے لیے انتخاب شدہ ہر مضمون کا معقول معاوضہ بھی دیا جائے گا۔

کالج ایک عرصہ سے بند تھا۔ چھٹیوں میں، میں نے کچھ نئی کہانیاں لکھی تھیں۔ لیکن ان میں سے کوئی کہانی ''جھولا'' کے لیے کار آمد نہیں تھی۔ ''جھولا'' کے لیے ایک خاص قسم کی کہانی چاہیے تھی اور اس کے لیے مجھے اپنی بہت سی نئی اور پرانی یادداشتوں کو یک جا کرنا پڑا۔ کافی تلاش وفکر کے بعد میرے ذہن نے بہت دنوں قبل کا دیکھا ہوا ایک نہایت دل چسپ اور سبق آموز خواب ڈھونڈ نکالا۔ اب مجھے اس خواب کے غیر ضروری حصوں کو نکال کر اور سجا کر ایک کہانی کی شکل دے دینا تھا۔

آج طبیعت بہت خوش تھی اور میں لکھنے کے موڈ میں تھا۔گھر کے ضروری کاموں سے جو میرے ذمہ تھے نمٹ لینے کے بعد تقریباً دس بجے میں کہانی لکھنے کے ارادے سے بیٹھا۔کاغذ میز پر رکھا تھا اور کھلا ہوا قلم میری انگلیوں میں تھا۔میرا ذہن کہانی کی ترتیب میں مصروف تھا۔اتنے میں پاس والے کمرے سے ابا جان نے مجھے آواز دی۔میرے خیالات کا سلسلہ ٹوٹ گیا۔میں نے قلم میز پر رکھ دیا اور ان کے پاس پہنچا۔انہوں نے ایک منی آرڈر فارم میری طرف بڑھا دیا اور میز کی دراز سے دس دس روپے کے دو نوٹ نکال کر مجھے دیتے ہوئے کہا ''جاؤ آج ہی یہ روپے بھیج دو۔اِن کا جلد پہنچنا ضروری ہے''۔

ملاحظہ فرمایئے ہمارے بزرگوں کی کرم فرمائیاں۔ہماری ضرورت ان کو ٹھیک ایسے ہی وقت محسوس ہوگی جب ہم کسی دوست سے گپ شپ میں مصروف ہوں۔یا کوئی مزے دار کہانی یا ناول پڑھ رہے ہوں۔یا پھر کسی دل چسپ پروگرام میں جانے کی تیاری کر رہے ہوں۔

میں بادلِ ناخواستہ روپے اور فارم جیب میں رکھ کر نکلا تو انہوں نے مجھے پکارا۔''سنو—!'' نہ جانے اب کیا حکم ہونے والا تھا—؟''منی آرڈر بھیجنے کی فیس تو تم نے لی ہی نہیں۔یہ سکے رکھ لو۔جو پیسے واپس ہوں اُن کے پوسٹ کارڈ لیتے آنا''۔

ڈاک خانے پہنچا تو وہاں منی آرڈر بھیجنے والے پندرہ بیس آدمیوں کی ایک لمبی قطار پہلے ہی سے موجود تھی۔میں کیو(قطار) میں کھڑا ہوگیا۔ایک

گھنٹہ سے پہلے میری باری آنے والی نہیں تھی اور یہ ایک گھنٹہ مجھے کسی نہ کسی طرح گزارنا تھا۔ میرا موڈ آف ہو رہا تھا اور نہ جانے الجھن کے باعث میرا کیا حال ہوتا اگر میرے خیالات کا رخ یکایک میری زیرِ تکمیل کہانی کی طرف نہ مڑ گیا ہوتا — میں اپنی تازہ کہانی اور دوسرے الفاظ میں "اپنے دل چسپ خواب" کو سجانے لگا۔

میں اُس وقت چھٹی جماعت میں پڑھتا تھا۔ چڑیوں کے شکار کا مجھے بے حد شوق تھا۔ یوں سمجھیے کہ یہی میری فرصت کا بہترین شغل تھا — میرا نشانہ بڑا پختہ تھا۔ کبوتر ہو یا فاختہ یا بگلا، میری غلیل کی ہلکی سی ٹھائیں کے بعد اس کا پھڑ پھڑا کر زمین پر آ جانا یقینی تھا۔ ابا جان اکثر اس کے لیے مجھے بڑی سخت سزائیں دیتے تھے۔ کیوں کہ وہ پرندوں کے شکار کے سخت مخالف ہیں مگر بار ہا سزا پانے کے باوجود بھی میں اس پُر لطف شوق کو چھوڑنے پر آمادہ نہیں تھا۔ لیکن آج — جب کہ میں بڑا ہو گیا ہوں اور پہلے سے کہیں زیادہ مضبوط ہوں، پرندوں کے شکار کے خیال سے مجھے وحشت ہونے لگتی ہے۔ آپ کو یقین نہیں آئے گا۔ مگر یہ سچ ہے۔ یہ تبدیلی میرے اندر یکایک پیدا ہو گئی۔ کیسے —؟

ایک شام میں نے اسکول سے واپس آ کر کتابیں میز پر پٹخ دیں۔ نیکر کی ایک جیب میں غلیل رکھی اور دوسری جیب میں پتھر کے غلّے بھر لیے۔ میں چاہ رہا تھا کہ امّی کو پتہ نہ چلے کہ میں شکار کرنے جا رہا ہوں، ورنہ وہ مجھے نہ جانے دیں گی اور مجھے رک جانا پڑے گا۔ مگر اتنی احتیاط کے باوجود انہوں نے تیور

دیکھ کر اندازہ کرلیا کہ برخوردار کا ارادہ کیا ہے——

''میں کہتی ہوں آخر تمہیں مار کھانا اچھا لگتا ہے کیا——؟ بے چارے بے گناہ پرندوں کو ستانے میں تمہیں کیا مزہ ملتا ہے۔ کم از کم اس موسم میں تو انہیں چین سے رہنے دو۔ یہ ان کے انڈے بچے دینے کا زمانہ ہے۔ کیوں ان کی بددعائیں لیتے ہو——؟'' آج امی محض اپنی عادت اور ابا کے حکم کی بنا پر مجھے ڈانٹ رہی تھیں۔ ورنہ دراصل آج ان کا موڈ بہت اچھا تھا۔ اس لیے ان کی نصیحت سے میں متاثر نہ ہوسکا اور یہ کہہ کر کہ ''جس جانور کو اللہ میاں نے حلال بنایا ہے، اس کے شکار کرنے میں کیا مضائقہ ہے؟'' میں نکل گیا۔

غلیل اب میرے ہاتھ میں تھی اور میرے قدم تیزی کے ساتھ باغ کی جانب بڑھ رہے تھے۔ اچانک میں ٹھٹکا۔ میری نظر سامنے والے بنگلہ کی منڈیر پر جم گئی۔ ایک مینا بہت اچھے موقع سے بیٹھی تھی۔ میں نے غلّہ نکال کر آہستہ سے غلیل میں لگایا اور نشانہ تاک کر ایسا مارا کہ —— نہیں نہیں —— مینا گری نہیں وہ اڑ گئی اور —— غلّہ منڈیر سے ٹکرا کر واپس ہوا تو میری داہنی آنکھ میں لگا۔ میں درد کی شدت اور تکلیف سے چیخ پڑا —— اف! —— مجھے چکر سا آ گیا۔ پھر میری آنکھ کھل گئی۔ یہ تو میں خواب دیکھ رہا تھا۔ میں نے خدا کا لاکھ لاکھ شکر ادا کیا کہ یہ محض خواب ہی تھا۔ غالباً اللہ میاں نے یہ ڈراؤنا خواب مجھے اس لیے دکھایا تھا کہ میں بلاوجہ پرندوں کو ستانا چھوڑ دوں اور جیسا کہ میں نے پہلے بتایا ہے، اس خواب سے میں اس قدر متاثر اور ہراساں ہوا کہ اس دن

سے چڑیوں کے شکار سے توبہ ہی کرلی — اب جب بھی میں کسی پرندے کو نشانہ بنانے کے لیے غلیل اٹھاتا ہوں تو مجھے یوں محسوس ہوتا ہے جیسے پرندہ اڑ گیا ہو اور غلّہ کسی منڈیر سے ٹکرا کر تیزی کے ساتھ میری طرف واپس آرہا ہو اور میں خوف زدہ ہو کر غلیل پھینک دیتا ہوں — کہانی مکمل ہوگئی۔اب مجھے گھر پہنچ کر لکھ ڈالنا تھا۔

''خاموش کیوں کھڑے ہیں صاحب، لائیے منی آرڈر دیجیے۔'' کلرک کی آواز سن کر میں چونک پڑا۔ میں کہانی کی ترتیب میں کچھ ایسا کھو گیا تھا کہ مجھے خیال بھی نہ رہا کہ میری باری آگئی ہے اور میں کاؤنٹر کے پاس پہنچ چکا ہوں۔ میں نے منی آرڈر فارم کلرک کے ہاتھ میں دے دیا اور روپے نکالنے کے لیے جیب میں ہاتھ ڈالا تو میرے پاؤں تلے سے زمین سرکتی ہوئی معلوم ہوئی۔ روپے جیب میں نہیں تھے۔قمیص اور پتلون دونوں کی جیبیں ٹٹول ڈالیں۔ صرف کچھ سکے باقی رہ گئے تھے اور نوٹ غائب تھے۔ میں نے اپنے ہاتھ میں چٹکی لی کہ کہیں خواب تو نہیں دیکھ رہا ہوں۔مگر یہ خواب نہیں تھا، حقیقت تھی —

''جلدی ہٹیے بھی صاحب۔کیا کر رہے ہیں آپ؟''

''ارے بھئی مکھی مار رہے ہو کیا۔اتنی دیر کیوں ہو رہی ہے؟''

پیچھے لائن میں کھڑے ہوئے لوگوں کی آوازیں میری بے بسی اور پریشانی میں اضافہ کر رہی تھیں۔ میں نے کلرک سے فارم واپس لے لیا اور چپ چاپ وہاں سے نکل آیا۔

ایک سوال

''تم پھر آدھمکیں؟''

''بس ایک بات اور بتا دیجیے، پھر میں چلی جاؤں گی۔''

''میرے پاس تمہاری بکواس سننے کے لیے وقت نہیں ہے۔''

''بکواس نہیں بھائی جان! ایک بے حد ضروری بات ہے۔''

''لیکن میں جو کام کر رہا ہوں وہ بھی کچھ کم ضروری نہیں۔''

''اوہ! بتا دیجیے نا بھائی جان، صرف ایک بات پلیز!''

''اچھا، جلدی پوچھو۔''

''تو بتائیے کہ ابا جان جیب خرچ کے لیے مجھے روزانہ پانچ روپے ہی کیوں دیتے ہیں جب کہ آپ کو دس روپے ملتے ہیں۔ کیا یہ کھلی ہوئی بے انصافی نہیں ہے؟''

''تمہاری ٹیوٹر غلط نہیں کہتیں کہ تمہارے دماغ میں کوڑا کرکٹ بھرا ہوا ہے۔ اب اتنی معمولی سی بات تمہاری سمجھ میں نہیں آتی۔۔۔''

''پھر بتایئے نا آپ! اسی لیے تو پوچھ رہی ہوں——''

''سیدھی سی بات ہے۔ میں تم سے عمر میں بڑا ہوں، تعلیم میں آگے اور عقل میں تیز ہوں۔ اس لیے مجھے زیادہ پیسے تو ملنے ہی چاہئیں۔''

''یہ ٹھیک ہے بھائی جان کہ آپ مجھ سے عمر میں بڑے ہیں اور تعلیم میں آگے ہیں لیکن آپ مجھ سے زیادہ عقل مند ہیں، یہ میں نہیں مان سکتی۔''

''میں کب کہتا ہوں کہ تم اسے مانو ہی۔ تم نہیں مانتی نہ مانو۔ لیکن تمہارے نہ ماننے سے مجھے زیادہ پیسے ملنے بند تو نہیں ہو جائیں گے۔''

''یہ تو کوئی بات نہیں ہوئی۔ آخر اس کا کوئی ثبوت بھی تو ہو کہ آپ مجھ سے زیادہ عقل مند ہیں۔''

''تم کیا ثبوت چاہتی ہو——؟''

''میں آپ سے ایک سوال پوچھوں گی اور ایک سوال آپ بھی مجھ سے پوچھیے۔ شرط یہ ہوگی کہ اگر آپ میرے سوال کا جواب نہ دے سکے تو آپ مجھے دس روپے دیں گے اور اگر میں آپ کا سوال نہ حل کر سکی تو میں آپ کو پانچ روپے دوں گی۔''

''بھلا یہ بھی کوئی شرط ہوئی کہ میں ہار جاؤں تو دس روپے اور تم ہارو تو پانچ روپے دو۔''

''کیوں نہیں آپ کی عقل مجھ سے زیادہ جو ہے۔''

''چلو! شرط منظور ہے۔ سوال پوچھو!''

''بتائیے وہ کون سا جانور ہے جس کے بیس سینگیں، بارہ پاؤں، چار سر اور چھ بڑے بڑے ڈینے ہیں؟''

''سوال تو بڑا دل چسپ ہے۔ بارہ سینگیں، بیس پاؤں—''

''سوال تو ٹھیک سے سنیے بھائی جان! بارہ سینگیں' بیس پاؤں نہیں۔ بیس سینگیں، بارہ پاؤں ہیں۔ اس کے علاوہ چار سر اور چھ بڑے بڑے ڈینے بھی ہیں۔''

''آں کیا کہا، ڈینے بھی ہیں! یعنی یہ اڑتا بھی ہے؟''

''جی جناب!''

''افوہ! تم نے تو بے سر پیر کا سوال پوچھا ہے۔''

''بے سر پاؤں کا کیسے، اس جانور کے چار سر اور بارہ پاؤں ہیں۔''

''بھئی، اس عجیب وغریب جانور کو گولی مارو۔ تم کوئی دوسرا سوال پوچھو۔''

''بھائی جان! یہ جانور نایاب ہے اس لیے اسے گولی بھی نہیں ماری جاسکتی۔''

''اچھا تو لو یہ دس روپے۔ میں ہار مانتا ہوں۔ اب تم خود اس جانور کا نام بتاؤ۔''

''ذرا ٹھہریے۔ روپے تو گن لوں۔''

''پانچ – پانچ – دس – 'ہاں اب فرمائیے۔''

''میں کہہ رہا ہوں تم خود اس جانور کا نام بتاؤ۔''

''اس جانور کا نام—!''

''یہ رہے پانچ روپے'' نام تو مجھے بھی نہیں معلوم!''

خون کے چھینٹے

امّی کمرے میں داخل ہوئیں تو وقار چارپائی پر لیٹا آرام کر رہا تھا۔ تین روز کی مسلسل علالت نے اسے بہت کم زور کر دیا تھا۔ انہیں دیکھ کر وہ اٹھنے کی کوشش کرنے لگا۔ امّی نے سہارا دے کر اسے بٹھا دیا اور گہرے سرخ رنگ کی دوا گلاس میں انڈیل کر وقار کو دیتے ہوئے کہا :

''بس ایک خوراک اور بچی ہے، اللہ کا نام لے کر اسے بھی پی لو۔''

دوا کے کڑوے پن کا خیال کر کے وقار کا دم الجھنے لگا اور اس نے کہا :

''رکھ دیجیے امّی! ابھی کلّی کر کے پی لیتا ہوں۔''

میرے لال! اب صرف حرارت باقی رہ گئی ہے، وہ بھی ختم ہو جائے تو دیکھنا میں تمہیں کتنی اچھی اچھی چیزیں پکا کر کھلاتی ہوں۔'' امّی نے وقار کی بلائیں لیتے ہوئے کہا۔ پھر دوا کی شیشی اور گلاس میز پر رکھ کر یہ کہتے ہوئے چلی گئیں۔ ''اب تم کلّی کر کے اسے پی ہی ڈالو۔ میں تمہارے لیے چائے اور بسکٹ لاتی ہوں۔'' چائے اور بسکٹ کا نام سن کر وقار کی باچھیں کھل گئیں

کیوں کہ تین روز سے اسے محض بارلی اور سابودانے پر اکتفا کرنا پڑ رہا تھا۔

وقار نے دوا کا گلاس اٹھایا اور چاہا کہ حلق سے دوا نیچے اتار لے لیکن جوں ہی وہ گلاس منہ تک لے گیا دوا کی ناگوار بُو نے گلاس میز پر واپس رکھنے پر مجبور کردیا۔ اب اس نے چاہا کہ ناک بند کر کے دوا جلدی سے پی لے — لیکن اس نے سوچا ''کیا مضائقہ ہے اگر اس دوا کو پھینک کر بکھیڑا ہی ختم کر دیا جائے۔ تین روز سے تو برابر ہی پیتا آ رہا ہوں اور اب بخار بھی تو نہیں رہا۔''

اتنے میں امّی کے قدموں کی چاپ سنائی دی اور وقار نے فوراً بڑی ہوشیاری سے دوا کھڑکی سے باہر پھینک دی۔

''شاباش بیٹے پی لی دوا تم نے؟'' امّی نے کمرے میں داخل ہوتے ہوئے کہا اور ''تھن ارا روٹ'' کے کچھ بسکٹ میز پر رکھ دیے۔

''اور چائے کہاں ہے امّی؟'' وقار نے سوال کیا۔

''وہ گرم ہو رہی ہے۔ ابھی زرینہ لے کر آتی ہے۔''

''امّی آج ڈاکٹر صاحب سے کہہ دیجیے گا کہ اب تو میں تقریباً اچھا ہو چلا ہوں۔ وہ یہ دوا نہ دیا کریں بلکہ کوئی مزے دار ٹانک بتا دیں اور ہاں! غذا کے متعلق بھی ضرور پو..... چھ —!'' وقار جملہ پورا نہ کر سکا کیوں کہ بھائی جان سامنے آ کر کھڑے ہو گئے تھے۔

''ارے! یہ خون کے چھینٹے کیسے ہیں تمہاری قمیص پر؟'' امّی نے حیرت سے پوچھا۔

''اپنے لاڈلے سے پوچھیے۔'' بھائی جان نے میری طرف اشارہ کیا۔

''میں سمجھی نہیں جمیل۔''

''اچھا تو میں سمجھا تا ہوں۔'' بھائی جان نے کہا اور مختصر الفاظ میں حقیقت یوں بیان کر دی۔

''ابھی جو دوا غالباً آپ انہیں پینے کو دے گئی تھیں اسے انہوں نے پینے کے بجائے کھڑکی کے باہر پارسل کر دی۔ اتفاق سے اسی وقت میں کھڑکی کے پاس سے ہو کر گزر رہا تھا۔ چنان چہ ساری دوا میری قمیص پر آ پڑی۔''

امّی اس وقت انتہائی غصے کے عالم میں وقار کو تک رہی تھیں اور وہ نظریں نیچی کیے چپ چاپ تکیے کے پھول کرید رہا تھا۔ دوا کی بوندیں گلاس میں جھلک رہی تھیں۔ کھلی کھڑکی سے ہوا اندر آ رہی تھی اور امّی کے چہرے پر ان کے بالوں کی ایک لٹ ان کی طبیعت کی طرح پیچ و تاب کھا رہی تھی۔

سازش

ماموں جان کو میں نے اپنی نئی کہانی پڑھ کر سنائی تو انھوں نے کہا :
''کہانی دل چسپ ہے اور تم نے مشہور ادیب منشی پریم چند کا انداز اپنانے کی کوشش کی ہے—''

ماموں جان کے اس تبصرے کو آفت کے پرکالے شہزاد نے بھی سنا اور اس کے ہونٹوں پر مسکراہٹ کی ہلکی سی لکیر پیدا ہوئی جو اس بات کی علامت تھی کہ اس کے ذہن میں کسی نئی شرارت نے جنم لے لیا ہے۔ دوسرے دن یہ اندیشہ صحیح ثابت ہوا جب شہزاد نے مجھے بھائی جان کی بجائے منشی پریم چند کہنا شروع کیا۔

اور ایک دن تو مجھے بے حد غصہ آیا۔ میری غیر موجودگی میں ایک صاحب مجھ سے ملنے آئے۔ شہزاد سے انھوں نے میرے متعلق دریافت کیا تو اس نے کہا'' آپ کسے پوچھ رہے ہیں، منشی پریم چند کو؟ وہ موجود نہیں ہیں۔ آپ شام کو تشریف لائیں۔''

اور شام کے وقت جب وہ تشریف لائے تو ایک طنزیہ مسکراہٹ کے ساتھ بولے :

''بھئی مبارک باد! تم تو بڑی آسانی سے پریم چند بن گئے۔ بس دو چار کہانیاں لکھ کر۔ حالاں کہ مجھے معلوم ہے کہ پریم چند کو بھی پریم چند بننے کے لیے کیا کچھ نہیں کرنا پڑا تھا۔''

میں نے شہزاد کو بار ہا سمجھایا۔ ان گنت بار خوشامدیں کیں اور متعدد دفعہ ڈانٹا ڈپٹا بھی کہ وہ مجھے ستانے سے باز آئے مگر پھول کی پتی سے کہیں ہیرے کا جگر کٹتا ہے!

ایک روز جب میں رات کا کھانا کھانے کے بعد اپنے کمرے میں بیٹھا مطالعے کا لطف اٹھا رہا تھا تو شہزاد کی بے وقت آمد نے میری محویت کو توڑا۔ میں کچھ پریشان سا ہو گیا کیوں کہ یہ میرے اچھے بھلے موڈ کی قضا کا وقت تھا۔ وہ خلافِ معمول کرسی کھینچ کر میرے سامنے بیٹھ گیا اور مسکراتے ہوئے بولا۔

''بھائی جان! اگر میں آپ کو تنگ کرنا چھوڑ دوں تو ——''

مجھے اپنے کانوں پر اعتبار نہیں آیا اور میں نے بات کاٹتے ہوئے پوچھا ——

''یعنی —— یعنی تم مجھے ستانے سے باز آجاؤ گے؟''

''جی ہاں'' اس کے لہجے میں یقین تھا۔

میری خوشی کی انتہا نہ رہی اور میں نے کہا'' یہ تو بڑی اچھی بات ہو گی شہزاد!''

''لیکن ایک شرط ہے بھائی جان!'' شہزاد بولا۔

''بس بول بھی دو، کیا شرط ہے؟'' میں نے بے تابی سے کہا۔

'' آپ کو میرے نام سے ایک اچھی سی کہانی لکھ کر کسی رسالے میں چھپوانی ہوگی۔'' اس نے شرط پیش کی۔

''بس اتنی سی بات! کہو تو ابھی لکھ دوں تمہارے لیے ایک دل چسپ سی کہانی؟'' میں نے کہا۔

''اب اس قدر جلدی بھی نہیں ہے۔ جب آپ کو اطمینان ہو جائے تو لکھ دیجیے گا۔'' شہزاد بولا اور جانے کے لیے اٹھ کھڑا ہوا۔

''اچھا سنو!'' میں نے اسے روکا۔ وہ ــــ رسالہ ''جگنو'' تم نے دیکھا ہے نا!''

''جی ہاں! بہت ہی خوب صورت رسالہ ہے۔'' شہزاد نے جواب دیا۔

غالباً دو تین مہینے بعد اس کے خاص نمبر کی اشاعت کا اعلان ہوگا۔ اس کے لیے مجھے ضرور کچھ لکھنا ہوگا۔ اس وقت میں تمہاری طرف سے بھی ایک مزے دار کہانی ایڈیٹر صاحب کو بھیج دوں گا۔''

ہم دونوں نے ایک دوسرے کو شکریہ بھری نظروں سے دیکھا۔ اس کے بعد شہزاد چلا گیا۔

تین مہینے نہایت چین اور سکون کے ساتھ گزرے۔

لیکن اسے میری تقدیر کا چکر ہی کہنا چاہیے کہ جس وقت ''جگنو'' کے خاص نمبر میں شریک ہونے کا دعوت نامہ میرے نام آیا میں امتحان کی تیاریوں

میں مصروف تھا۔ بڑی ہی عجیب صورتِ حال تھی۔ ایک طرف شہزاد کی بار بار یاد دہانی بلائے جان تھی اور دوسری جانب خاص نمبر میں شریک ہونے کی میری شدید خواہش کا دم نکل رہا تھا۔ میری مصروفیت نے سارا کھیل بگاڑ دیا تھا۔ پھر بھی میں نے وقت نکال کر ایک کہانی لکھی۔ شہزاد سے میں نے کہا کہ امتحان کے بعد اس کے لیے کہانی لکھ دوں گا۔ لیکن اس کی ضدی طبیعت میری تسلی سے کب بہلتی۔ وہ مجھ سے ناراض اور بدگمان ہو گیا۔ میں نے کہانی کا مسودہ صاف کیا۔ لفافے میں رکھا اور اب بیٹھا سوچ رہا تھا کہ اسے بند کر کے سپردِ ڈاک کر دوں کہ اتنے میں شہزاد خلافِ امید کمرے کے دروازے پر آ کھڑا ہوا۔ وہ بڑے باغیانہ انداز میں بولا :

''آپ میرے لیے کہانی نہیں لکھتے تو نہ لکھیں — اب میں خود کہانی لکھوں گا — منشی پریم چند جی!''

اس خیال سے کہ تنبیہ کے لیے یہ مناسب موقع ہے۔ میں تیزی سے اٹھا اور ایک بھرپور تھپڑ اس کے گال پر جڑ دیا اور کہا :

''خبردار جو آئندہ مجھے پھر پریم چند کہا!''

شہزاد گال سہلاتے ہوئے اتنے زور سے بلبلایا کہ اس کی آواز امّی جان کے کانوں تک پہنچ گئی اور اس کے بعد وہی ہوا جو ہمیشہ ایسے موقعوں پر ہوا کرتا ہے یعنی باورچی خانے میں میری پکار ہوئی اور مجھے وہاں اپنی سنائے بغیر امّی کا نصیحت آمیز لیکچر کہ :

''چھوٹوں پر شفقت کرنی چاہیے۔ ان کی چھوٹی چھوٹی غلطیوں کو نظر انداز کر دینا چاہیے وغیرہ وغیرہ۔'' سن کر منہ لٹکائے چلا آیا۔ لفافہ بند کر کے میں نے اسی وقت ڈاک کے حوالے کر دیا۔

اور یہ سرگزشت آج کی ہے۔ جب کہ کہانی پوسٹ کیے ہوئے قریب قریب دو مہینے اور امتحان ختم ہوئے ایک ماہ کچھ دن گزر چکے ہیں۔ آج صبح سے میں ایک دوست کے یہاں مدعو تھا۔ شام کے وقت گھر آ کر اپنی ڈاک دیکھی۔ اس میں ''جگنو'' کا ایک خاص نمبر بھی موجود تھا۔ میں نے سب سے پہلے اسی کی ورق گردانی کی۔ مگر حیرت کی بات یہ ہوئی کہ اس میں میری کہانی موجود نہیں تھی اور اس سے بھی زیادہ تعجب کی چیز یہ تھی کہ شہزاد کی کہانی شاملِ اشاعت تھی۔ مجھے کوفت ہوئی کہ میری کہانی کا آخر کیا حشر ہوا؟ مجھے اس کی رسید بھی تو نہیں ملی تھی۔ کیا کہانی ڈاک میں گم ہو گئی؟ پھر میری نگاہ شہزاد کی کہانی کے عنوان پر پڑی۔

''سازش —!'' میری کہانی کا عنوان بھی تو یہی تھا۔ مجھے خیال آیا۔ اس کے بعد میں نے کہانی کی چند ابتدائی سطریں پڑھیں اور جوں جوں آگے بڑھتا گیا میری حیرت اور تشویش میں اضافہ ہوتا گیا۔ اس لیے کہ یہ کہانی تو لفظ بہ لفظ وہی تھی جو ''جگنو'' کے خاص نمبر کے لیے میں نے بھیجی تھی۔ پھر کہانی پر شہزاد کا نام کیسے آ گیا؟ میں اس گتھی کو سلجھا نہ سکا۔ انتہائی الجھن کے عالم میں بے دلی کے ساتھ میں دوسرے خطوط الٹ پلٹ کرنے لگا اور ایک چیختے

ہوئے سرخ رنگ کے کاغذ کا رقعہ دیکھ کر ٹھنک گیا۔ رقعہ پر ''منشی پریم چند جی ملاحظہ فرمائیں'' درج تھا۔ یہ تحریر شہزاد کے سوا اور کس کی ہو سکتی ہے۔ میں نے رقعہ کھول کر پڑھا—

''بھائی جان عرف منشی پریم چند جی! یہ بات آپ کے لیے صرف تشویش ہی کی نہیں بلکہ پراسرار ہوگی کہ رسالہ ''جگنو'' کے خاص نمبر میں آپ کی کہانی کے ساتھ میرا نام کیسے آگیا۔ آیئے میں اس راز سے آپ کو آگاہ کروں۔

آپ کو اس دن کا واقعہ بھولا نہیں ہوگا جب آپ ''جگنو'' کو بھیجنے کے لیے کہانی لفافہ میں رکھ چکے تھے۔ یہ میری خوش نصیبی تھی کہ عین اسی وقت مجھے آپ کو ستانے کی سوجھی اور میں آپ کے کمرے میں یہ کہنے کے لیے گیا کہ میں خود ''جگنو'' کے لیے کہانی لکھوں گا۔ اس وقت میرے منشی پریم چند جی کہہ دینے پر آپ کو شدید غصہ آیا تھا اور آپ نے مجھے ایک زوردار تھپڑ سے نوازا بھی تھا۔ میرا شور سن کر امّی نے آپ کو باورچی خانے میں طلب کیا تھا۔ باورچی خانہ جانے اور وہاں سے آنے میں جو وقت آپ کو لگا بس اسی میں میں نے اپنا کام بنالیا یعنی نہایت پھرتی کے ساتھ آپ کی کہانی لفافے سے نکالی۔ کہانی کے خاتمے پر آپ کا نام درج

تھا۔ میں نے اسے قلم زد کر کے اپنا نام لکھ دیا۔ ایڈیٹر کے نام جو آپ کا خط تھا اسے نکال لیا اور پھر کہانی لفافے میں رکھ دی۔ اس طرح آپ کی ''سازش'' شہزاد کی سازش کا شکار ہوگئی اور یہ سب محض اس لیے ہوا کہ آپ نے میرے ساتھ وعدہ خلافی کی تھی۔

اب اگر آپ یقین کریں تو میں آئندہ آپ کو نہ ستانے کا عہد کرتا ہوں لیکن شرط یہ ہے کہ آپ بھی اس کا موقع نہ آنے دیں۔

آپ کا بھائی: شہزاد

غصہ کی شدت سے میں نے رقعہ کو مٹھی میں بھینچ لیا اور سوچنے لگا کہ شہزاد کے ساتھ کیا سلوک کروں؟ کیا ___ کیا میں اس سے سمجھوتہ کرلوں؟ کہیں وہ مجھے پھر تو نہیں ستائے گا ___ ؟؟؟

نیک بخت

وہ بہت زیادہ خوب صورت نہ تھا اور نہ ہی بہت زیادہ طاقت ور، مگر تھا بہت ہی ہوشیار اور چالاک چوہا—اسی لیے تو جنگل کے تمام چوہے اسے اپنا بادشاہ تسلیم کرتے تھے اور اسے عزت کی نگاہ سے دیکھتے تھے—

ایک دن ایک گیدڑ نے چوہوں کے اس گروہ کو دیکھا جو بادشاہ کے ساتھ ساتھ کہیں جارہا تھا۔ ''کس طرح ان چوہوں کو چٹ کیا جائے؟'' اس خیال کے ساتھ گیدڑ کے منہ میں پانی بھر آیا۔ آخر اس نے ایک ترکیب سوچ ہی لی۔ وہ چوہوں کے بلوں سے کچھ فاصلے پر جاکر پچھلی دو ٹانگوں پر کھڑا ہوگیا۔ اس نے منہ کھول کر چہرہ سورج کی جانب کرلیا۔ جب چوہے کھانے کی تلاش میں ادھر سے گزرے تو انھوں نے گیدڑ کو دیکھا۔ ان کے بادشاہ نے سوچا کہ یہ گیدڑ نیک اور پرہیز گار معلوم ہوتا ہے جبھی تو اس حال میں کھڑا ہے۔ پھر اس نے اس کا نام پوچھا۔

''میرا نام نیک بخت ہے!'' گیدڑ نے کہا۔

''اور تم پچھلی دو ٹانگوں پر کیوں کھڑے ہو؟''

چوہوں کے بادشاہ نے پوچھا۔

''اگر میں اپنی چار ٹانگوں پر کھڑا ہو جاؤں گا تو میرا بوجھ زمین نہیں سنبھال سکے گی۔''

گیدڑ نے کہا۔

''اور تم منہ کھول کر چہرہ سورج کی جانب کیوں کیے ہوئے ہو؟''

''اس لیے کہ میں صرف ہوا کھاتا ہوں اور سورج کی پرستش کرتا ہوں۔''

اب چوہوں کو پورا یقین ہو گیا کہ واقعی یہ گیدڑ پرہیز گار اور نیک بخت ہے۔ وہ روزانہ صبح اور شام اس کی زیارت کرنے کے لیے آنے لگے۔ لیکن جب وہ واپس جانے لگتے تو گیدڑ سب سے پیچھے والے چوہے کو دبوچ لیتا اور چٹ کر جاتا تھا۔ وہ اس کام کو اتنی تیزی اور ہوشیاری سے کرتا کہ کسی دوسرے چوہے کو خبر بھی نہ ہوتی تھی۔ گیدڑ اپنی تدبیر پر بہت خوش تھا اور اِدھر روز بروز چوہوں کی تعداد کم ہوتی جا رہی تھی۔ وہ اپنی گھٹتی ہوئی تعداد دیکھ کر خوف زدہ اور فکر مند تھے۔ ان کے بادشاہ نے ہر ممکن چھان بین کی لیکن کسی نتیجے پر نہ پہنچ سکا۔

اب صرف ایک ہی طریقہ باقی رہ گیا تھا۔ چوہوں کے بادشاہ کو گیدڑ پر کچھ شبہ ہوا۔ اس نے اسے آزمانے کی ٹھان لی۔

دوسرے دن جب چوہے گیدڑ کے پاس سے واپس ہونے لگے تو ان

کے بادشاہ نے سب چوہوں کو تو آگے جانے دیا اور خود سب سے پیچھے ہولیا۔ گیدڑ نے موقع دیکھ کر چاہا کہ سب سے آخر والے چوہے کو دبوچ لے لیکن چوہا پہلے ہی سے چوکنا تھا۔ وہ جھٹ دوسری جانب گھوم گیا اور اچھل کر فوراً گیدڑ کے گلے سے لپٹ گیا۔ دوسرے چوہوں نے جب یہ ماجرا دیکھا تو وہ سبھی گیدڑ کے گلے اور گردن میں لپٹ گئے اور کتر کتر کر اسے چھلنی کر دیا۔ گیدڑ وہیں تڑپ تڑپ کر مر گیا۔ چوہوں کو ایک بہت بڑی بلا سے نجات ملی اور وہ چین سے رہنے لگے۔

(ماخوذ)

ریکارڈ

بھائی جان کے کمرے کے پاس پہنچ کر اقبال یکا یک رک گیا۔ کمرے سے آنے والی آواز کی طرف اس نے اپنے کان لگا دیے اور تھوڑی ہی دیر بعد اس نے سارا معاملہ بھانپ لیا۔ اقبال دوڑتا ہوا باجی کے کمرے میں جا پہنچا۔

''باجی! باجی! اٹھو تو سہی، آج میں بڑی اچھی خبر لایا ہوں۔''

اقبال نے شاہینہ کا بازو جھنجھوڑ کر اسے اٹھانے کی ناکام کوشش کی۔ شاہینہ نے کتاب بند کر دی اور سوالیہ انداز سے اقبال کو گھورا۔

''آخر وہ خبر ہے کیا اور تم مجھ سے کیا چاہتے ہو؟''

شاہینہ نے پوچھا۔

''بس باجی تم سن کر پھڑک ہی تو جاؤ گی۔ آؤ چلیں ابا کے پاس۔''

اقبال نے شاہینہ کا بازو کھینچتے ہوئے کہا۔

''میں ویسے نہیں جانے کی۔ پہلے مجھے بتاؤ کہ وہ خبر کیا ہے؟''

شاہینہ بولی۔

''بڑی ضدی ہیں باجی آپ۔ سنیے بھائی جان نے ابا کے گراموفون کے سارے ریکارڈ توڑ دیے ہیں اور ہمیں چلنا ہے ابا جان کے پاس۔ آیا خیال شریف میں؟''

اقبال نے کہا۔

''سچ ___؟'' شاہینہ جیسے چونک پڑی۔

''نہیں تو کیا میں جھوٹ بکواس کر رہا ہوں۔ کہتا ہوں سچ کہ جھوٹ کی عادت نہیں مجھے''

اقبال نے کہا۔

''اقبال میاں تم تو شاعری کر رہے ہو۔ ٹھیک بتاؤ نا تمہیں یہ بات معلوم کیسے ہوئی؟''

شاہینہ نے کہا۔

''لو اب مجھے یہ بھی بتانا ہوگا کہ مجھے یہ بات کیسے معلوم ہوئی۔ عجیب قسم کی باجی ہیں آپ! میں نے کہا نا چلیے میرے ساتھ ابا جان کے پاس سب باتیں آپ کو معلوم ہو جائیں گی اور پھر دیکھیے گا کہ آج بھائی جان کی کتنی شان دار حجامت ہوتی ہے۔''

اقبال نے کہا۔

اقبال اور شاہینہ کے چہروں پر ایک شریر تبسم تھا۔ سودن کا چور آج پکڑا گیا۔ بھائی جان کی شرارتوں نے بہت دنوں سے ان دونوں بھائی بہن کا ناطقہ بند کر رکھا تھا۔ گھر میں کوئی چیز ٹوٹتی یا نقصان ہوتی تو اس کا الزام سیدھا انہیں دونوں کے سر آتا تھا۔ امّی بھائی جان کی طرف دار تھیں ہی۔ بھلا وہ ان کے خلاف کوئی بات کیسے سن سکتی تھیں۔ رہ گئے ابا میاں تو انہوں نے کہا تھا کہ تم دونوں کسی روز بھی یہ ثابت کر دو کہ شرارت امتیاز نے کی ہے تو پھر دیکھو میں کیسی خبر لیتا ہوں اس کی۔ چنان چہ یہ دونوں بھائی بہن تاک میں تھے کہ موقع ملے اور وہ بھائی جان کی شرارتوں کی نشان دہی ابا جان کے پاس کر دیں۔ خوش قسمتی سے آج انہیں اس کا موقع مل گیا تھا۔ کیوں کہ اقبال کو آج بھائی جان کے ہاتھوں گھر کے ایک نہایت قیمتی سامان کے ٹوٹ جانے کا علم ہوا تھا۔ اب انہیں بھائی جان سے ان کی تمام شرارتوں کا گن گن کر بدلہ لینا تھا۔

ابا جان کا چھوٹا سا کمرہ عدالت بنا ہوا تھا۔ ابا جان کرسی پر بیٹھے تھے۔ بائیں جانب کچھ دوری پر بھائی جان سر جھکائے کھڑے تھے اور دائیں طرف اقبال اور شاہینہ۔

''میں جو کچھ تمہارے متعلق سن رہا ہوں کیا سچ ہے؟''

ابا جان نے لہجے میں سختی پیدا کر کے بھائی جان سے پوچھا۔

''میں سمجھا نہیں ابا جان! آپ کا مطلب؟''

بھائی جان خوف و حیرت کے ملے جلے لہجے میں بولے۔

''بھولے نہ بنو امتیاز! میں سب کچھ پہلے ہی جان چکا ہوں۔ کیا یہ غلط ہے کہ تم نے میرے گراموفون کے سارے ریکارڈ توڑ دیے ہیں۔''

''گراموفون کے ریکارڈ! نہیں ابا جان کس نے کہا آپ سے ــــ؟''

امتیاز بوکھلا سا گیا۔

''چپ جھوٹے کہیں کے!''

ابا نے ڈانٹ پلائی۔

''کیا تم کچھ دیر پہلے اپنے کمرے میں سے کسی سے یہ بات نہیں کہہ رہے تھے کہ تم نے تمام ریکارڈ توڑ دیے ہیں۔ آج میں سمجھا کہ پہلے بھی جو چیزیں نقصان ہوئی تھیں سب میں تمہارا ہی ہاتھ تھا، لیکن سزا ان بے قصوروں کو ملی تھی۔''

ابا جان نے اقبال اور شاہینہ کے سروں پر محبت سے ہاتھ پھیرتے ہوئے کہا جن کا چہرہ انتقام کی خوشی میں کھلا ہوا تھا۔

''لیکن ابا جان وہ تو میں نے سائیکل ــــ''

''سائیکل؟ کیسی سائیکل؟''

ابا نے بات کاٹتے ہوئے تعجب سے پوچھا۔

''کل میں نے تیز سائیکل چلا کر اپنے کالج کے تمام پرانے ریکارڈ توڑ دیے ہیں۔اسی کا ذکر میں ماموں جان سے اپنے کمرے میں کر رہا تھا۔''

بھائی جان نے جواب دیا۔

اقبال اور شاہینہ پر جیسے بجلی سی گر پڑی۔کاٹو تو بدن میں لہو نہیں۔اب وہ اپنے اپنے کمروں کی جانب تیزی سے لپکتے ہوئے دکھائی دیے۔

نصیر الدین حجہ کے قصے

جو لوگ شگفتہ مزاج ہیں وہ اپنی محفلوں میں لطیفوں کو خاص اہمیت دیتے ہیں۔ شیخ چلّی، لال بجھکڑ، ملّا دو پیازہ اور بیربل ایسے کردار ہیں جو مزاح اور ظرافت کی مجلسوں میں بلا روک ٹوک پہنچا کرتے ہیں۔ ان کی بدحواسیاں، قیاس آرائیاں، حماقتیں اور ذہانتیں آج سے نہیں بلکہ صدیوں سے لوگوں کو ہنسنے ہنسانے کا موقع دے رہی ہیں ___ اس وقت میں آپ کو ملک ترکستان کے نصیر الدین حجہ نامی ایک ایسے شخص سے ملانا چاہتا ہوں جو اپنے مزاج اور اپنی خصلتوں کے اعتبار سے ہمارے ملک کے ان کرداروں سے جن کا اوپر ذکر ہو چکا ہے، کافی حد تک مشابہت رکھتا ہے۔

نصیر الدین حجہ کی پیدائش 1208ء میں اور وفات 1284ء میں بتائی جاتی ہے۔ ترکی میں حجہ کے مدرسہ کے دنوں کی یہ روایت عام ہے کہ ان کے استاد نے ایک بھیڑ پال رکھی تھی جو انہیں بہت عزیز تھی۔ ایک دن مدرسہ کے دو شریر طالب علموں نے موقع پا کر اس بھیڑ کو ذبح کر ڈالا اور پکا کر چٹ کر

گئے۔ اس واقعہ سے استاد کو شدید رنج پہنچا۔ انہوں نے جلد ہی ان طالب علموں کے نام معلوم کر لیے جنہوں نے یہ غلط حرکت کی تھی۔ ان لڑکوں میں سے ایک نے بھیڑ کو ذبح کیا تھا اور دوسرے نے اسے پکایا تھا۔ استاد نے پوچھا ''کیا نصیرالدین حجہ بھی اس میں شریک تھا؟''

لڑکوں نے جواب دیا۔ ''ہاں — لیکن اسی حد تک کہ وہ یہ منظر دیکھتا رہا اور ہنستا رہا۔''

''تب استاد نے دکھے دل سے بددعا دی کہ ''جس نے اس بھیڑ کو ذبح کیا وہ کبھی خود ذبح کیا جائے گا، جس نے اسے بھونا اور پکایا، کسی دن اسے بھی کوئی بھون ڈالے گا اور اس دردناک منظر پر جو ہنستا رہا اس پر ساری دنیا ہنسے گی اور قہقہے لگائے گی۔''

کہتے ہیں کہ استاد کی یہ پیشین گوئی سچ ثابت ہوئی۔ کچھ ہی مدت کے بعد دونوں طالب علم شدید تباہی اور بربادی سے دوچار ہوئے البتہ نصیرالدین حجہ پر اس پیشین گوئی کا اثر کچھ مختلف ڈھنگ سے ہوا۔ بجائے اس کے کہ دنیا والے اس پر ہنستے وہ اپنے ساتھ دنیا کے لوگوں کو ہنسا رہا ہے۔ گدگدا رہا ہے اور انہیں اپنے غموں کا بوجھ اٹھانے کے قابل بنا رہا ہے — اس تمہید کے بعد اب آپ حجہ کے لطیفے پڑھیے۔

☆ حجہ سے کسی نے پوچھا ''سورج اور چاند میں ہمارے لیے کون زیادہ کارآمد ہے؟''

''بلاشبہ چاند!'' جحہ نے بتایا۔'' سورج تو دن کے وقت نکلتا ہے، لیکن چاند رات میں نکلتا ہے جب تاریکی کے سبب ہمیں روشنی کی ضرورت ہوتی ہے۔''

☆ نصیر الدین جحہ کو ایک مقدمے کا ثالث مقرر کیا گیا۔جحہ نے پہلے شخص کا بیان سنا اور کہا۔'' یہ صحیح ہے۔'' اس کے بعد دوسرے شخص کا بیان سنا اور کہا'' یہ بھی درست ہے۔'' حاضرین میں سے ایک شخص سے نہ رہا گیا اور اس نے آہستہ سے پوچھا جحہ یہ کیوں کر ہوسکتا ہے۔'' دونوں کا صحیح اور درست ہونا غیر ممکن بات ہے۔''جحہ نے جواب دیا'' یہ بھی صحیح ہے۔''

☆ ایک شخص اپنے گھوڑے کی لمبی دم تراش کر چھوٹی کرنا چاہتا تھا۔ اس نے جحہ سے مشورتاً پوچھا کہ'' دم کے بالوں کو کس قدر تراشنا مناسب رہے گا۔'' جحہ نے جواب دیا'' تم اسے کہیں سے بھی تراش دو، دیکھنے والوں کا اعتراض بہرحال قائم رہے گا۔ کچھ لوگ کہیں گے کہ دم زیادہ چھوٹی ہوگئی ہے جب کہ بعض لوگ یہ بتائیں گے کہ تم نے دم بہت کم تراشی ہے۔''

☆ نصیر الدین جحہ نے اپنے بیٹے کو صراحی دے کر اسے جھرنے سے پانی لانے کو کہا اور تاکید کی کہ صراحی ٹوٹنے نہ پائے۔اس کے ساتھ ہی ایک بھرپور تھپڑ اس کے گال پر جڑ دیا۔ایک شخص جو پاس ہی کھڑا تھا، تعجب سے بولا :

'جحہ !تمہارے بچے نے تو صراحی توڑی نہیں پھر اسے تھپڑ رسید کرنے کی وجہ؟''

"تمہارا کہنا بجا— لیکن صراحی ٹوٹنے کے بعد اسے مارنے سے کیا فائدہ ہوتا؟" ‌حجہ نے جواب دیا۔

☆ حجہ نے ایک بار اپنے دوستوں سے کہا "جب میں مرجاؤں تو مجھے کسی پرانی قبر میں دفن کردینا۔" حجہ کے دوست سوالیہ نگاہوں سے اس کا منہ تکنے لگے تو اس نے اپنی بات کی یوں تشریح کی "تاکہ حساب لینے والے فرشتے اوّل تو میری قبر کی طرف توجہ ہی نہ دیں اور بالفرض وہ آبھی جائیں تو میں کہہ دوں کہ میں ایک پرانا مردہ ہوں اور اپنا حساب کتاب دے چکا ہوں۔"

☆ ایک شخص کو کسی محفل میں پہلی بار تقریر کرنے کے لیے کھڑا کیا گیا۔ مجمع کا رعب اس پر اس طرح چھا گیا کہ وہ منٹوں خاموش کھڑا رہا۔ بڑی دقت سے اس نے کانپتی ہوئی آواز میں صرف اتنا کہا۔ "دیکھیے، میری سمجھ میں نہیں آرہا ہے کہ میں کیا بولوں۔"

"کیا یہ بھی سمجھ میں نہیں آتا کہ آپ بیٹھ جائیں؟" حجہ نے فوراً جملہ چست کردیا۔

☆ ایک صبح نصیرالدین حجہ نے اپنی بیوی کو تین سیر گوشت کا ایک ٹکڑا لا کر دیا اور ہدایت کی کہ وہ اسے رات کے کھانے کے لیے تیار کرے۔ اس کے بعد وہ رات میں آنے کا وعدہ کرکے کہیں چل گیا۔ اتفاقاً اسی دن دوپہر میں حجہ کی بیوی کی کچھ سہیلیاں آگئیں اور ان کی ضیافت کرنے میں سارا گوشت ختم ہوگیا۔ رات میں حجہ گھر لوٹا تو اسے شدید بھوک لگی ہوئی تھی۔ اس

نے بیوی سے پوچھا ''گوشت تیار ہوگیا؟'' بیوی نے ڈر سے جھوٹ بولا ''برا ہوکم بخت بلّی کا، وہ سارا گوشت کھا گئی۔'' حجہ غصے کی حالت میں بلّی کو پکڑ لایا اور اسے ترازو پر تولا تو وہ پورے تین سیر نکلی۔ حجہ کا غصہ اور بھی تیز ہو گیا اور اس نے بیوی سے سوال کیا :

''اگر یہ بلّی ہے تو گوشت کہاں ہے اور اگر یہ گوشت ہے تو پھر بلّی کیا ہوئی؟''

☆ حجہ کا گزر ایک بار کسی نئے قصبے میں ہوا جہاں کے لوگ اس سے ناواقف تھے۔ وہ معمولی کپڑے پہنے ہوئے ایک حمام خانے میں نہانے کے لیے گیا۔ حمام کے ملازموں نے حجہ پر کوئی خاص توجہ نہ دی اور نہانے کے لیے اسے پھٹا ہوا پرانا تولیہ اور معمولی صابن کا ایک ٹکڑا دیا۔ حجہ نے غسل سے فارغ ہو کر ملازموں کو بخشش کے طور پر سونے کا ایک ایک قیمتی سکہ دیا۔ دوسری دفعہ وہ پھر اسی حمام میں نہانے کے لیے پہنچا۔ اس بار بھی وہ معمولی ہی کپڑوں میں ملبوس تھا لیکن حمام کے ملازموں نے اس بار اس پر خصوصی توجہ دی۔ وہ بڑی خوش اخلاقی سے پیش آئے۔ غسل کرنے کے لیے نیا اور صاف تولیہ اور عمدہ خوشبودار صابن دیا لیکن حجہ نے غسل سے فراغت پانے کے بعد ملازمین کو چاندی کے انتہائی معمولی سکے دیے اور ان کے خاموش احتجاج کے جواب میں کہا :

''پچھلی بار جو سکے تمہیں دیے گئے تھے وہ تمہارے آج کے سلوک کا معاوضہ تھا اور ابھی جو سکے تمہیں ملے ہیں وہ تمہارے پچھلے برتاؤ کی قیمت ہے۔''

پانچ روپے کا نوٹ

''میں نوشاد ہاشمی بول رہا ہوں۔''

''اچھا نوشاد صاحب ہیں۔ کہو بھئی کیا حال چال ہیں؟''

''بھئی! ''کھلونا'' کا تازہ شمارہ ابھی ابھی ڈاکیہ دے گیا ہے۔ میری کہانی دوسرے نمبر پر شائع ہوئی ہے۔''

''خوب! بڑی خوشی ہوئی مجھے۔ مبارک باد قبول کیجیے۔''

''جی شکریہ! میرا خیال ہے کہ بک سیلر کے پاس بھی ''کھلونا'' آ گیا ہوگا۔ پڑھنے کے بعد کہانی پر اپنی رائے دیجیے گا۔''

''بہت اچھا!'' میں نے جواب دیا اور ریسیور رکھ دیا۔

پتلون کی جیب میں ہاتھ ڈالا تو کچھ اٹھنّیاں کھنکیں۔ میں نے بک سیلر کی دکان کا رخ کیا۔ اپنے عزیز مصنف دوست کی کہانی میں جلد سے جلد پڑھ لینے کا خواہش مند تھا۔ میرے قدم تیز تیز اُٹھ رہے تھے۔

بک سیلر کی دکان آ گئی، میں نے اسٹال پر سجے ہوئے رسالوں کا جائزہ

لیا اور میری نگاہ ایک جگہ رکھی ہوئی ''کھلونا'' کی تازہ کاپیوں پر ٹک گئی۔ میں نے لپک کر کھلونا اٹھالیا اور بک سیلر کو ایک اٹھنّی بڑھادی۔ میں نے ''کھلونا'' کے اوراق اُلٹے۔ مصنف دوست کی کہانی مل گئی۔ اس کے ساتھ ہی میرے دل میں خوشی اور حیرت کی ایک لہر دوڑ گئی۔ پانچ روپے کا ایک نوٹ دو ورقوں کے بیچ میں رکھا ہوا تھا، وہ بھی اس قرینے کے ساتھ جیسے پریس ہی سے پرچہ کے ساتھ منسلک کر دیا گیا ہو۔ میں نے جھٹ ''کھلونا'' کی ایک اور کاپی خرید لی۔ اس میں بھی نوٹ موجود تھا۔ اور جب میں نے تیسری کاپی اٹھانے کے لیے ہاتھ بڑھایا تو بک سیلر نے ''کھلونا'' دینے سے انکار کر دیا۔ شاید وہ جان گیا تھا کہ ''کھلونا'' کی ہر کاپی میں پانچ روپے کا ایک نوٹ رکھا ہوا ہے۔

میں گھر لوٹ رہا تھا تو میرے پاس پانچ پانچ کے دو نوٹ اور ''کھلونا'' کی دو کاپیاں تھیں۔ ایک روپیہ کے عوض میں دس روپے اور ''کھلونا'' کی دو کاپیاں کوئی مہنگا سودا نہیں تھا۔ میرا دماغ یہ غیر متوقع مسرت حاصل ہو جانے کے باعث ہوا میں پرواز کر رہا تھا اور میں ان روپوں کو عمدہ مصرف میں لانے کا پروگرام بنا رہا تھا۔ رہ رہ کر یہ حیرت بھی ہو رہی تھی کہ ''کھلونا'' کے ہر پرچے میں پانچ روپے کا نوٹ کہاں سے آ گیا۔

گھر پہنچنے کے بعد میں نے نوشاد ہاشمی کو فون کیا۔ انہیں نوٹوں والے عجیب وغریب معاملہ کی اطلاع دی اور پوچھا کہ ان کے پاس جو ''کھلونا'' آیا ہے کیا اس میں بھی پانچ روپے کا نوٹ ہے؟

جواب میں انہوں نے حیرت کا اظہار اور سخت افسوس و مایوسی کے ساتھ بولے :

''نہیں بھئی! میرے ''کھلونا'' میں تو پانچ کیا، ایک کا بھی کوئی نوٹ نہیں نکلا۔''

میں نے انہیں تسلی دی :

''افسوس نہ کیجیے۔ بھئی آپ کے پاس تو روپے منی آرڈر سے آئیں گے جو آپ کی کہانی کا معاوضہ ہوگا۔''

دفعتاً میرے ہاتھ میں مچھر نے ڈنک مارا اور غیر ارادی طور پر میں نے ہاتھ کو جھٹک دیا۔ ریسیور میرے ہاتھ سے چھوٹ کر گر گیا اور اس کے ساتھ ہی میری آنکھ بھی کھل گئی۔ اب نہ تو کمرے میں ٹیلی فون تھا نہ ''کھلونا'' کی کاپیاں موجود تھیں ۔ اور نہ کوئی نوٹ ہی ۔ ہاں ٹیبل پر کورس کی کتابیں رکھی تھیں، جو میرا منہ چڑا رہی تھیں۔

لال گولی

وہ بھی کیا دن تھے جب ہم اسکول میں پڑھا کرتے تھے۔

فکر اور تردّد کی ہوا نے ہمیں چھوا تک نہیں تھا۔ کسی کی پریشانی کا ذکر سنتے تو یوں لگتا تھا جیسے رنگ برنگے غبارے ہماری نگاہوں کے سامنے ہوا میں تیر رہے ہیں۔ ہماری زندگی کا سرخ، سبز اور زرد رنگوں والا گلوب گھومنے والے جھولے کی طرح بڑے ہی پرلطف چکر لگایا کرتا تھا۔ جب اس کی سالانہ گردش ہوتی تو ہم اپنے امتحان کی تیاری کرتے تھے۔

ہم پانچویں میں تھے جب اسکول ہی کے ایک ٹیچر حفیظ اللہ صاحب کو ہمارا پرائیوٹ ٹیوٹر مقرر کیا گیا تھا۔ میں اور اکرام شام کے وقت ان کے یہاں پڑھنے جایا کرتے تھے۔ ہمارے ہم جماعت ریاض، ابوالخیر اور عین الحق ٹیوشن میں بھی ہمارے ساتھی تھے۔ حفیظ اللہ صاحب کو پہلی بار دیکھ کر میرے ذہن میں جو تصویر ابھری تھی وہ اس زمانے کے مشہور کرکٹ کھلاڑی فضل محمود کی تھی۔ فضل محمود کی ایک بڑی تصویر میں نے کچھ ہی دن قبل ایک اخبار میں دیکھی تھی۔

حفیظ اللہ صاحب کی صورت ان کی کسی قدر بھوری آنکھوں اور گورے چٹے چہرے کے ساتھ فضل محمود سے ملتی تھی۔

حفیظ اللہ صاحب کا رویہ ہمارے ساتھ بڑا مشفقانہ بلکہ یوں کہیے کہ دوستانہ تھا۔ انہوں نے اپنی استادی کا رعب ہم پر گانٹھنے کی کبھی بھی کوشش نہیں کی۔ ہماری شوخیوں کو مسکرا کر ٹالنا ان کی عادت تھی۔ شاید ان کو اس بات کا اچھی طرح احساس تھا کہ وہ خود بھی کبھی ہماری طرح بچے تھے۔

ایک بار انہوں نے عین الحق کو کیتلی دے کر ہوٹل سے چائے لانے کے لیے کہا۔ ہدایت یہ کی کہ چائے میں شکر زیادہ ڈلوانا۔ عین الحق اس میں شکر زیادہ کیا ڈلواتا، اس نے سرے سے شکر ڈلوائی ہی نہیں۔ حفیظ اللہ صاحب نے چائے پیالی میں انڈیل کر چسکی لی۔ چائے میٹھی نہیں لگی تو انہوں نے سمجھا کہ شکر گھلی نہیں ہے۔ چائے کیتلی میں انڈیل کر انہوں نے چمچے سے خوب گھونٹا، پھر پیالی میں ڈھال کر گھونٹ بھرا۔ چائے اب بھی بے مزہ تھی۔ انہوں نے مسکرا کر عین الحق کی طرف دیکھا جو ہنسی ضبط کرنے کی کوشش کر رہا تھا۔ اس کے بعد کیتلی اور پیالی ایک طرف سرکا دی اور مصنوعی غصہ سے بولے — ''چلو الجبرا کے سوالات حل کرو۔''

حفیظ اللہ صاحب کو الجبرا کے سوالات حل کرنے میں بڑی دل چسپی ہوتی تھی۔ اس کی وجہ شاید یہ ہو سکتی ہے کہ وہ تاریخ کے طالب علم رہے تھے اور تاریخ میں غور و فکر سے کہیں زیادہ حافظے سے کام لینا پڑتا ہے۔ ٹھیک اسی

طرح جیسے الجبرا کے سوالات حل کرنے میں غور وفکر کی زیادہ ضرورت نہیں پڑتی ۔بس رٹے رٹائے فارمولے پر سوال کو منطبق کر دینے سے صحیح جواب مل جاتا ہے۔الجبرا سے ہماری دل چسپی کم تھی ۔اس لیے حفیظ اللہ صاحب ہمیں الجبرا بنانے کی متواتر تلقین کرتے رہتے تھے۔

برسات کی ایک اندھیری شام تھی ۔ریاض پڑھنے کے لیے کچھ دیر سے آیا۔ اس کی وجہ اس نے یہ بتائی کہ راستہ میں ایک شخص کو سانپ نے ڈس لیا تھا۔ایک سپیرے کو بلوا کر اس کا زہر اتروایا جارہا تھا۔اس تماشہ کو دیکھنے میں اسے دیر ہوگئی۔

اس ذکر کے بعد سب نے اپنی اپنی کتابیں بند کر دیں ۔سانپ سے متعلق سنی سنائی باتوں کے قصے چھڑ گئے ۔فرش پر چٹائی بچھی تھی ۔حفیظ اللہ صاحب اس پر آلتی پالتی مار کر بیٹھے ہوئے تھے۔انہوں نے تو سانپ کے بارے میں ایسی ایسی حیرت انگیز باتیں بتائیں کہ لالٹین کی زرد مدھم روشنی میں ماحول بالکل بھیانک ہوگیا اور ہمارے چاروں طرف سانپ ہی سانپ رینگتے ہوئے محسوس ہونے لگے۔اتنے میں چھت سے کوئی چیز اچانک پٹ سے حفیظ اللہ صاحب کی گود میں آگری ۔وہ ''ارے ـــــ!'' کہہ کر کپڑے جھاڑتے ہوئے اتنے زور سے اُچھلے کہ ایک ہی جست میں دھم سے فرش سے پلنگ پر جا پڑے۔ایک لمحہ کے لیے تو ہمارے بھی اوسان خطا ہوگئے ۔ لیکن جب پلنگ کے نیچے بھاگتی ہوئی چھپکلی ہم نے اپنی آنکھوں سے دیکھ لی تو منہ میں رومال ٹھونس لینے کے باوجود ہماری ہنسی قابو میں نہ آسکی۔ مارے

ہنسی کے ہمارا برا حال ہو گیا۔ اس عرصہ میں حفیظ اللہ صاحب کے حواس درست ہو چکے تھے۔ جھینپے ہوئے انداز میں مسکرا کر انہوں نے ہماری طرف دیکھا اور بولے— ''چلو الجبرا کے سوالات حل کرو۔''

ہم آٹھویں میں پہنچ چکے تھے اور سالانہ امتحان کے دن نزدیک تھے۔ حفیظ اللہ صاحب ہر روز ہمیں جم کر محنت کرنے کی ہدایت کیا کرتے تھے۔ ایک دن انہوں نے عین الحق سے پوچھا— ''رات میں کتنے بجے تک پڑھتے ہو؟''

''سر! رات کو بالکل نہیں پڑھ پاتا۔'' عین الحق نے جواب دیا۔ ''یہاں سے جانے کے بعد کھانا کھاتا ہوں۔ اس کے بعد ہی نیند آنے لگتی ہے۔''

حفیظ اللہ صاحب بولے— ''کھانا کھانے کے بعد چائے پی لیا کرو۔ اس طرح نیند نہیں آئے گی۔''

''لیکن سر! جن کو چائے کی عادت ہو جایا کرتی ہے' انہیں چائے پینے کے بعد بھی نیند آتی ہے۔'' ریاض نے پتے کی بات بتائی جس کی تائید میں ابوالخیر نے کہا—

''میں تو خود نیند سے پریشان ہوں سر! کتنی بار چائے پی کر دیکھ چکا ہوں مگر دس یا بہت زیادہ تو ساڑھے دس بجے کے بعد جاگ کر پڑھنا مشکل ہو جاتا ہے۔''

اب اکرام کی باری تھی۔ اس نے ایک تجویز پیش کی۔ ''یہ حالت ہے تو تم لوگ لال گولی کیوں نہیں استعمال کرتے؟''

''یہ لال گولی کیا چیز ہوتی ہے؟'' حفیظ اللہ صاحب نے سب کے دل کا

سوال پوچھا۔

اکرام نے مجھے کہنی سے اشارہ کیا۔ جس کا مطلب یہ تھا کہ میں بات کو آگے بڑھاؤں۔ میں نے کہا— ''سر! یہ فوری اثر دکھانے والی سرخ رنگ کی گولی ہوتی ہے۔ نیند آتے وقت اگر یہ گولی آنکھ کے پپوٹوں پر ہلکے سے رگڑ لی جائے تو تھوڑی دیر کے لیے بڑا آرام ہو جاتا ہے اور نیند کا غلبہ ختم ہو جاتا ہے۔''

ہمارے ساتھی اور حفیظ اللہ صاحب کچھ یقین اور کچھ بے یقینی کے عالم میں میرا منہ تک رہے تھے۔ اکرام نے گفتگو کا سلسلہ وہاں سے جوڑا جہاں سے میں نے ختم کیا تھا۔ ''میں اور مشتاق اس جادو اثر گولی کے سہارے رات گئے تک پڑھتے رہتے ہیں۔ جب ذرا پلکیں بوجھل ہوتی محسوس ہوتی ہیں' گولی کو پپوٹے پر رگڑ لیتے ہیں اور نیند غائب ہو جاتی ہے۔''

''یہ گولی کتنے کی ملتی ہے؟'' ریاض نے بے تاب ہو کر پوچھا۔

''صرف دو آنے کی!'' میں نے کہا۔

ریاض، ابوالخیر اور عین الحق ہمیں کچھ اس انداز میں گھورنے لگے جیسے کہہ رہے ہوں کہ تم لوگوں نے جاگنے اور نیند کا خمار دور کرنے کے لیے اس سہل اور آسان نسخے سے ہمیں اب تک بے خبر کیوں رکھا تھا؟ انہوں نے فوراً ہی جیب سے دو دو آنے کے سکے نکال کر ہماری طرف بڑھا دیے اور اگلے دن گولی لے آنے کی گزارش کی۔

پنّی میں لپٹی ہوئی مٹر کے دانے سے کچھ بڑے سائز کی سرخ سرخ گولیاں

جب دوسرے دن لے کر ہم ٹیوشن پڑھنے کے لیے گئے تو ریاض کسی وجہ سے غیر حاضر تھا۔ ابوالخیر اور عین الحق نے اپنی اپنی گولیاں لے لیں اور پپوٹے پر رگڑ کر دیکھا تو ان کی آنکھوں کو بڑی خوش گوار ٹھنڈک کا احساس ہوا۔

حفیظ اللہ صاحب نے کہا کہ ریاض کے لیے جو گولی ہم لائے تھے وہ ان کو دے دیں کیوں کہ آج ان کو رات گئے تک جاگنا تھا اور اسکول سے ملے ہوئے کچھ بے حد ضروری کاغذات دیکھنے تھے۔ اکرام نے گولی دینے میں کچھ پس و پیش کیا لیکن انہوں نے ہاتھ بڑھا کر خود گولی لے لی اور کہا "یہ لو پیسے!"

دوسرے روز اسکول میں نہ عین الحق آیا اور نہ ابوالخیر۔ اس دن حفیظ اللہ صاحب کا بھی کوئی پیریڈ ہم لوگوں کے ساتھ نہیں تھا۔

شام کے وقت قاعدے کے مطابق ہم حفیظ اللہ صاحب کے یہاں پڑھنے گئے۔ وہاں ریاض، ابوالخیر اور عین الحق حسبِ معمول چٹائی پر بیٹھے ہوئے ملے۔ حفیظ اللہ صاحب خلافِ معمول پلنگ پر دراز تھے۔ عین الحق شاید ریاض سے کہہ رہا تھا "کوئی ایک بجے رات تک یہی سلسلہ جاری رہا۔ ہر پانچ منٹ پر جب بھی آنکھ لگتی میں لال گولی پپوٹے پر رگڑ لیتا۔ صبح سو کر اٹھا تو آنکھوں میں بے حد تکلیف تھی اور پپوٹے سوجے ہوئے تھے۔"

ابوالخیر اور حفیظ اللہ صاحب بالکل خاموش تھے۔ ان کی کہانی بھی کم و بیش وہی تھی جو عین الحق کی تھی۔

اپنے مذاق کا یہ تکلیف دہ انجام دیکھ کر افسوس سے ہماری آنکھوں میں آنسو

آ گئے۔ لیکن پشیمانی کے ان آنسوؤں کو نہ ابوالخیر دیکھ سکا اور نہ عین الحق۔ حفیظ اللہ صاحب کے دیکھ سکنے کا تو سوال ہی پیدا نہیں ہوتا تھا کیوں کہ تکلیف کے مارے ان کا آنکھیں کھولنا بھی دشوار تھا۔ ان کے پپوٹے بے طرح سوج گئے تھے اور سرخ بھی ہو گئے تھے۔ میں ندامت کے لہجے میں اس سے زیادہ کچھ نہ کہہ سکا—— ''معلوم ہوتا ہے آپ لوگوں نے گولی پپوٹے پر زیادہ زور دے کر رگڑ ی ہے۔''

اس واقعہ کو برسوں بیت چکے ہیں۔ اب ہمیں ربر کے رنگین غبارے ہوا میں اڑتے نہیں دکھائی دیتے۔ بلکہ فکر و تردد کی ہوا چلتی ہے تو ہمارے ہوش ضرور اڑا دیتی ہے۔ عین الحق آسنسول میں فٹ پاتھ پر سلے سلائے کپڑوں کی چھوٹی سی دکان لگاتا ہے اور اپنی پچھلی زندگی کی طرف کبھی پلٹ کر بھی نہیں دیکھتا۔ ابوالخیر کی ریلوے میں ملازمت ہوگئی ہے جہاں انجن کی چھک چھک میں اس کی تمام بیتی یادیں اور آوازیں ڈوب کر ختم ہوگئی ہیں۔ اکرام انڈین آئرن اینڈ اسٹیل کمپنی، برن پور میں فورمین ہو چکا ہے۔

اس لیے اب یہ بتا دینے میں کوئی ہرج نہیں کہ وہ گولیاں میں نے اور اکرام نے چاک کے ٹکڑوں کو گھس کر بنائی تھیں اور انھیں لال روشنائی میں ڈبو کر رنگ لیا گیا تھا۔

حفیظ اللہ صاحب اب ہمارے درمیان موجود نہیں ہیں۔ اگر وہ زندہ ہوتے اور یہ مضمون پڑھتے تو عجب نہیں کہ بے ساختہ بول اُٹھتے :

''چلو الجبرا کے سوال حل کرو۔''

***

مشتاق اعظمی معتبر افسانہ نگار ہیں۔ تعلیمی دور ہی سے یہ کہانی لکھتے رہے ہیں اور آج بھی ان کا قلم رواں رواں ہے۔ بڑوں کے لیے کہانیاں لکھنے کے ساتھ ساتھ بچوں کے لیے بھی انہوں نے قلم آرائی کی ہے۔ میرے خیال میں بچوں کے لیے کہانیاں لکھنا بچوں کا کھیل نہیں۔ اس میں جہاں ایک طرف افسانہ نگاری کے ضروری التزامات کا خیال رکھنا پڑتا ہے وہاں دوسری طرف بچوں کی نفسیات، ان کے ذہنی معیار، اور ان کی دلچسپیوں پر بھی نظر رکھنی پڑتی ہے۔ خوشی کی بات ہے کہ مشتاق اعظمی کو اس کا ادراک ہے اور یہ بچوں کے لیے کہانیاں لکھنے کے گر سے واقف ہیں۔ یہ سیدھے سادے عام فہم لفظوں اور چھوٹے چھوٹے جملوں سے ان کہانیوں کا تانا بانا بنتے ہیں، جو بچوں کے لیے سامانِ تعلیم و تفریح ہیں۔ یہ ان کی ذہنی آب یاری بھی کرتے ہیں اور کردار سازی کا فرض بھی انجام دیتے ہیں۔ ان میں زبان کی شگفتگی بھی ہے، اور مزاح و ظرافت کی چاشنی بھی۔ یقین ہے کہ یہ کتاب بچوں کے ذوقِ ادب کی آسودگی میں معاون ثابت ہوگی، اور عوام و خواص میں اس کی پذیرائی ہوگی۔

علقمہ شبلی